editora Urutau

rua dr. manuel pacheco nobre, 109, 4 esquerdo
2830-080
barreiro (setúbal)
portugal

rua do cajú, 478
jardim das cerejeiras, 06724-015
cotia-sp
brasil

[+351] 928053619 [portugal]
[+55] 11 9 4859 2 426 [brasil]

www.editoraurutau.com
original@editoraurutau.com

O MAU SELVAGEM

álvaro filho

URUTAU

OUTUBRO, 2024

Ao meu pai, o maior mau selvagem de todos

1

A primeira vez em que ouvi falar do Mau Selvagem foi nos meus primeiros dias na livraria. Ainda me perdia pelas estantes, a baralhar as sessões, tateando pelo labirinto de livros, cercado pelas coloridas capas dos títulos de autoajuda e os sisudos tomos de Direito Penal, antes de encontrar o meu posto de trabalho, entre os autores policiais.

Naquela época, ainda sofria da timidez dos novatos e ouvia mais do que falava, cruzando as estantes cabisbaixo, a pilha de livros do Poirot nas mãos, mesmo estando na companhia de brasileiros, a maioria dos funcionários da livraria, imigrantes da última vaga que aportou em Portugal após a guinada à extrema-direita no Brasil.

Mas disso eu falo depois.

O nome do Mau Selvagem surgiu sussurrado por dois livreiros *zucas* que fingiam organizar os livros numa prateleira. A simulação era uma arte, aprenderia mais tarde, e consistia em tirar e pôr os livros no mesmo sítio com ar de quem executava uma tarefa importante, para conversar ou procrastinar sem ser importunado pelos clientes.

O Mau Selvagem foi evocado após uma das vendedoras brasileiras, a da seção de poesia, uma mineira franzina e pálida, de olhar embaciado e olheiras profundas, sugerir a uma cliente portuguesa uma coletânea de poemas do Drummond.

É aquele famoso, o do *E agora, José,* sabe?, anda disse a brasileira franzina, valorizando a recomendação.

Segundo o livreiro com uma edição de *Os Três Mosqueteiros* em mãos, a cliente agarrou-se ainda mais à bolsa colada ao peito, um náufrago abraçado ao colete salva-vidas, temente pela própria vida. Quando um vendedor de uma livraria no coração de Lisboa sugere um autor não português, se isso não for o fim do mundo, com certeza estará próximo.

A mulher então abriu um sorriso da cor de cobre, enchendo de rugas o rosto leitoso.

— Obrigado, querida, — respondeu, gentilmente — mas preferia algo escrito em português de verdade.

Os dois brasileiros seguiam a conversa na seção de autores estrangeiros:

— Ela disse isso? — quis ter certeza o vendedor que recolocava pela quinta vez a mesma edição de *O Conde de Monte Cristo* na prateleira.

— Pois, disse — respondeu o outro, sob o olhar atento do d'Artagnan na capa de *Os Três Mosqueteiros.*

— Do Drummond?

— Do Drummond.

— Português de verdade?

— Português de verdade.

— Putz, a sorte dela é que o *Mau* não está mais aqui.

O *Mau* era como os brasileiros da livraria referiam-se entre si ao Mau Selvagem. No início, pensei que o *Mau* fosse o diminutivo de algum ex-funcionário chamado Maurício ou algo que o valha, pois o livreiro com *Os Três Mosqueteiros* nas mãos era um carioca com a insistente mania de chamar todo mundo pela metade do nome.

Só depois soube que o *Mau* era de Mau Selvagem, mesmo, a verdade elucidada pelo Velho, o brasileiro da seção de filosofia, um homem de idade indefinida, magro, levemente encurvado e completamente calvo, de barbas brancas e olhar distante, como os filósofos nas capas dos livros que abarrotavam as estantes que o circundavam.

Era de longe o brasileiro mais antigo na livraria. Aliás, havia quem jurasse ser o livreiro mais longevo da loja, quem sabe metido entre os livros de filosofia desde que a livraria abriu as portas, três séculos atrás, um imigrante oriundo das primevas vagas da imigração brasileira, trazido no ventre de uma caravela no retorno da antiga colónia.

O Velho parecia achar piada da mitologia em volta de si mesmo, embora não se tenha registo de um dia alguém tê-lo flagrado a sorrir. Corroborava com a lenda revelando pouco ou quase nada da sua biografia. Até o nome dele era um mistério, pois o longo tempo na livraria conferia-lhe o direito de não portar um crachá que o identificasse.

Era, portanto, apenas o Velho.

Ao contrário dos demais brasileiros da livraria, a maioria vizinhos da proclamada República dos Anjos, não se sabia onde o Velho morava. Especulava-se ser ali mesmo, na seção de filosofia, algures entres os pré e os pós-socráticos, onde os funcionários que chegavam cedo já o encontravam e os últimos a sair ainda o viam, sempre a postos.

Foi o Velho o primeiro a classificar o *Mau* como o Mau Selvagem, segundo o mesmo insinuou, enquanto passeava o dedo magro e torto pelos títulos na prateleira. A conversa surgiu um dia por acaso, quando o gerente pediu para que o ajudasse a levar de um lado para outro da livraria a volumosa e pesada coleção de capa-dura de filosofia clássica.

Ajudá-lo era um eufemismo, pois coube a mim transportar sozinho os livros, enquanto o Velho apenas observava, em silêncio. Terminei o trabalho ofegante pelo esforço.

— É o que se pode chamar de uma coleção de peso — disse, tentando ser engraçado e puxar um assunto, mas o Velho, como sempre, limitou-se a não sorrir.

Não me intimidei com o fracasso na primeira investida e insisti. Continuei a falar alguns disparates sobre assuntos diversos, enquanto o meu interlocutor aparentemente me ignorava, até conseguir, não sei muito bem como, encaixar naquela conversa sem pé nem cabeça uma menção ao Mau Selvagem.

O Velho subitamente parou de organizar os livros na prateleira e virou-se em minha direção. Os olhos deles, antes opacos, brilharam.

— Isso, o Mau Selvagem, conheceu-o, não? — insisti, como um pescador que sente o peixe fisgar o anzol. O Velho anuiu com a cabeça e ameaçou dizer algo, uma ideia que o abandonou na fração de segundo seguinte.

O experiente vendedor era um peixe dos grandes. Por baixo da pele enrugada e do corpo esguio, escondiam-se as escamas e a tenacidade de um renitente espadarte, um exemplar teimoso com o caráter de comerciante de mercado persa, que não se deixa ceder na primeira investida. Quem quisesse subjugá-lo teria que lutar. Ou negociar.

Precisava de lhe dar mais linha.

— Como ele era, o *Mau*? — questionei, deixando a linha correr fácil pelo molinete. O Velho fez um ligeiro esgar ao me ouvir chamá-lo apenas de *Mau*, como se desaprovasse a minha falta de reverência em conjurá-lo pelo diminutivo.

— O Mau Selvagem? — respondeu, uma pergunta retórica, sem a expectativa de obter uma resposta, apenas para colocar as coisas no seu devido lugar. — Como ele era? Era simplesmente o melhor — afirmou.

O Velho não me olhava nos olhos. Não merecia tal deferência, era apenas um novato na livraria. Passeou o dedo magro e torto pelas lombadas dos livros de filosofia na prateleira. Um espadarte forte e experiente. Aceitou a linha que deslizava do molinete, enquanto descia para as profundezas, certo de que quem estava a ser fisgado era eu.

Nada disse, para não espantar o grande peixe.

— O melhor, desde sempre, — continuou o Velho, a voz rouca de quem acordara de um longo sono — e talvez não haverá jamais alguém melhor do que ele. Nem eu, nem ele, ele, ela, ele — prosseguiu, o dedo magro e torto apontando os demais vendedores entre as estantes da livraria.

Ia apontá-lo também na minha direção, mas ponderou que não valia o esforço, já estava subentendido que o Mau Selvagem também era melhor do que eu. Segui no meu silêncio estratégico, enquanto o espadarte da seção de filosofia rumava para as profundezas do oceano.

— Um dia, ele chegou na livraria como todos chegam, com ar de perdido. Um bom rapaz, como todos na verdade o são quando aqui chegam, cientes do seu lugar, cientes do seu ofício, ainda mais quando se é um estrangeiro, como todo imigrante, grato pela oportunidade de poder trabalhar, agradecido pela generosidade dos donos da casa em permitir que se conviva entre eles — disse o Velho, num só fôlego, numa longa descida em apneia.

O esforço parecia tê-lo exaurido. Mas ainda havia uma réstia de ar no velho pulmão:

— Mas não era um rapaz como os outros, não, não era. Parecia, mas não era. Era diferente e logo percebeu a verdade, a verdade de que os livros não se lêem, os livros não se sugerem aos clientes, muito menos se vendem. A verdade de que os livros nem mesmo se escrevem.

— Não? — perguntei, sem resistir, arrependendo-me em seguida, ciente de ter cometido um erro que poderia colocar a pescaria a perder.

— Não — reiterou o Velho, benevolente com o meu descuido, pela primeira vez a olhar-me nos olhos, as pupilas pequenas e negras. — Não, o livro não se lê, não se vende, não se escreve. O livro se vive — completou.

Subitamente, a linha deixou de estar tensionada. O espadarte soltou a isca, desinteressado com a contenda. O novato não parecia um pescador digno de ser fisgado. O Velho virou-se para as prateleiras e voltou a passear o dedo magro e torto pelas lombadas dos livros de filosofia, a senha de que a pescaria chegara ao fim.

Já virava as costas ao meu interlocutor para retornar à seção dos policiais, quando ouvi a voz rouca do Velho. Voltei a olhar em sua direção.

— Era um bom rapaz, assim como outros, um bom selvagem... — disse, parando o dedo magro e torto em uma das lombadas na estante. Lentamente, puxou o livro e estendeu-o na minha direção. A capa trazia a reprodução da pintura de um rosto familiar, com aquelas perucas ridículas, moda na Idade Média.

Uma antiga edição de *O Contrato Social*, de Rousseau.

— No início, era um bom selvagem, era sim... — reforçou o espadarte, esticando o livro em minha direção. Recolhi o exemplar, antes de vê-lo desaparecer nas profundezas do oceano, engolido pelas capas-duras da coleção de clássicos da filosofia.

Foram os meus primeiros contatos com o Mau Selvagem. Desde então, entretanto, nesse último ano na livraria, descobri um pouco mais aqui e ali sobre ele. Uma tarefa dificultada pela rotatividade dos funcionários da loja, pois, apesar de não fazer tanto tempo assim que o *Mau* esteve por lá, poucos haviam trabalhado com ele.

O entra e sai de emprego é rotina na vida de um imigrante, motivado por patrões muito espertos e poucos escrupulosos, que se beneficiam da situação frágil de um estrangeiro numa terra estranha e algo hostil para prometerem benefícios que nunca serão cumpridos, até que a ponta mais fraca desista de puxar a corda no cabo de guerra.

Salvo o Velho, pelos motivos dele, e eu, com o duvidoso pendor de me tornar escritor, os demais brasileiros estavam na livraria não por satisfação profissional ou laços afetivos com a literatura, mas porque, entre vender um *bestseller* ou arranjar um robalo, folhear um livro cheirava bem melhor do que esventrar um peixe.

Fazíamos parte da tal última vaga recente de imigrantes brasileiros, autoexilada do Brasil após o país mergulhar nas sombras do fascismo, composta de filhos de famílias burguesas e de classe média, aparentemente mais esclarecida, instruída e ativista do que as vagas anteriores, composta em grande parte por operários e trabalhadores braçais.

Uma vaga diferente dos brasileiros todo-terreno dos anos setenta, oitenta e noventa, dos brasileiros *neandertais,* de carne rija e calos nas mãos, hábeis em trocar a torneira e a maçaneta, em pregar a estante e pintar a parede, erguer um muro ou uma caverna moderna de betão e tijolo, e de nela fazer brotar o fogo dos esquentadores a gás.

Brasileiros que desbravaram o *Eldorado* ibérico e ganhavam o pão erguendo os prédios onde os portugueses confortavelmente viveriam, seguros, cientes de que poderiam sempre contar connosco para trocar as fraldas cagadas dos putos e dos pais velhotes, para esfregar a lixívia na sanita e entregar as refeições pedidas pelo telemóvel.

Éramos ligeiramente mais instruídos e articulados do que os nossos antepassados, uma nova vaga de brasileiros *homo sapiens* de pele fina, carne flácida e sem calos nas mãos, capazes de emular a escrita e a fala dos antigos colonizadores e de povos distantes, de elucidar equações, diagnósticos médicos, sofismas e os meandros do inconsciente.

Mas, ainda assim, imigrantes brasileiros.

Brasileiros destinados a ocupar os postos rejeitados pelos portugueses e também os imigrantes europeus e norte-americanos, estrangeiros de um escalão superior, *premium,* os expatriados ou *expats,* como preferiam ser chamados, para se distanciarem de nós, pobres latinos, africanos e asiáticos de pele amarela ou parda.

O curioso é que, apesar do rótulo *gourmet*, os *expats* também foram expulsos das suas cidades de origem pelo indecoroso custo de vida e altas rendas, pois no capitalismo há sempre um tubarão maior a devorar os menores. Em Lisboa, porém, estavam num patamar superior da pirâmide e deixavam, literalmente, o trabalho sujo para nós.

Como os brasileiros das vagas anteriores, portanto, a sanita ainda estava à espera para que enfiássemos a cara e a limpássemos, de joelhos, reverentes aos donos da casa. Diferente da vaga anterior, na gaveta de um roupeiro barato da *Ikea* encostado na parede de um minúsculo quarto arrendado, um diploma lembrava-nos de que o jogo ainda poderia virar.

Um diploma que para os portugueses não servia nem para limpar o cu, mas que para nós era uma espécie de amuleto, a certeza de que tínhamos algo valioso dentro de nós, que não nos poderia ser roubado nem confiscado num balcão dos serviços de imigração, o poder do conhecimento, da técnica e da arte.

Um ídolo de papel em tamanho A4 que por ora nos permitia circular sem embaraço entre livros e clientes cultos, adiando o ruído das betoneiras e as fraldas cagadas dos putos e dos velhos *tugas*, longe do odor da lixívia das sanitas e da fritura das refeições nas mochilas do Uber, um cheiro de merda e hambúrguer que colava na pele e na alma.

A falta de coragem dos brasileiros da última vaga em trocar o silêncio e a carpete no piso da livraria por uma aventura na vida real de um imigrante *zuca* em Lisboa era um travão no entra e sai de emprego, mas mesmo assim poucos dos atuais companheiros de estante chegaram a conviver muito tempo com o Mau Selvagem.

Afinal, o salário de livreiro não é lá grande coisa, assim como em outros empregos destinados aos imigrantes em restaurantes e no comércio em geral, de forma que uma proposta ligeiramente um pouco mais vantajosa algures, um *eurito* a mais no salário, no auxílio-refeição ou transporte era uma grande razão para se trocar de trabalho.

Um cenário que acabou por ditar a minha investigação sobre o paradeiro do misterioso funcionário, uma lenda moderna entre os imigrantes brasileiros na livraria, que evocavam o seu nome entre sussurros, como numa prece, e também para que o gerente, uma das vítimas das maldades do Mau Selvagem, não ouvisse.

A caçada ao Mau Selvagem exigiu-me assim uma certa habilidade detetivesca e seguiu, nesse cerca de um ano de investigação, o mesmo *modus operandi* da narrativa dos livros que vendia na seção policial da livraria, os quais avidamente lia no intervalo entre a chegada de um cliente e outro.

Não dos chamados romances de enigma, em que Poirot, Holmes e Dupin solucionavam os crimes graças ao aguçado poder de observação e ao cérebro privilegiado, muitas vezes sem sair do lugar, confortavelmente sentados numa poltrona, à espera de o nome do culpado emergir do fumo que emanava da chávena de chá ou do cachimbo.

Como detetive, estava mais para as personagens dos romances *noir* de Hammett, Chandler e Fante, um Sam Spade, Phillip Marlowe ou Arturo Bandini sem grandes epifanias e com as sinapses iguais às dos outros pobres mortais, cujo único mérito era seguir cegamente a própria intuição e nunca desistir até solucionar o mistério.

Detetives que deambulavam por ruas sombrias e nebulosas, abrindo e fechando portas, tropeçando em cadáveres, acompanhados por homens sem caráter e loiras fatais de menos caráter ainda, sem muita certeza de por onde seguir, numa investigação de tentativa e erro, esquivando-se de socos e tiros, colecionando pistas e hematomas.

Almas solitárias, dotadas de cinismo e de queixo e punho firmes, que não confiavam em ninguém, a não ser no revólver que traziam no bolso e no sorriso cínico na face. O que conferia aos detetives um certo charme, irresistível às loiras fatais, irritantes aos vilões, ambos desejosos em deixarem, cada um do seu jeito, marcas nos seus corpos.

A vida real, diferente da ficção, era menos glamourosa do que no papel. Fui um detetive *noir part-time*, sem muita convicção e inspiração, hesitante e temeroso, suscetível às intempéries naturais à função, embora tenha tido um pouco mais de sorte com as mulheres fatais, o que era um milagre para um tipo como eu.

Se algo tenho a dizer a meu favor, é que mesmo assim fui capaz de seguir na investigação. Uma busca que tinha como móbil, para honrar o jargão policialesco, mais do que uma mera curiosidade. À medida que avançava, lentamente a juntar as peças do *puzzle*, crescia também a suspeita de que essa investigação daria uma boa história.

A história para um livro, um romance policial, um *noir* como os de Chandler, Hammett e Fante, a minha estreia na literatura, a cristalização da vocação de escritor, a realização do sonho de viver apenas da escrita, de entrar numa livraria não para vender os livros dos outros, mas para finalmente ver o meu nome estampado na capa deles.

Só não contava que seguir os passos do Mau Selvagem terminasse por me levar por um caminho para além da investigação da escrita de um livro. Quanto mais descobria a respeito do meu futuro personagem, mais me interessava pela figura dele. Um interesse que aos poucos foi assumindo os contornos de uma obsessão.

Mas disso eu falo depois.

2

A única pista em mãos foi o livro sugerido pelo Velho. Uma das vantagens de trabalhar numa livraria era poder levar um exemplar para casa, como numa biblioteca, e devolvê-lo após a leitura, desde que se tivesse o cuidado em não dobrar as pontas das páginas, vincar a lombada ou carimbar a capa com uma indelével nódoa de café.

Vez ou outra, voltava às estantes de filosofia e retirava O *Contrato Social* para uma nova consulta. Estava sempre lá, onde havia deixado antes. Recorria ao livro em busca de algo que tivesse me escapado, uma palavra ignorada nas leituras anteriores, uma vírgula mal posta que alterasse o sentido da frase e pusesse uma nova luz sobre o caso.

O Velho, uma espécie de tutor dessa doentia investigação sobre o Mau Selvagem na qual embarquei há cerca de um ano, fingia não ver as investidas em seu território. Mas claro que via, conhecia os seus discípulos, havia aprendido com os grandes filósofos que a curiosidade pode ser tão letal como um cálice de cicuta.

Deitado na cama, fiquei alguns minutos a olhar para o rosto de Rousseau na capa do livro. Parecia sorrir-me, feliz por reencontrar um amigo íntimo. A pintura retratava o suíço com aquelas perucas em voga no século dezasseis, os cachos grisalhos a esconderem a cabeça raspada para debelar os piolhos, igualmente em voga na época.

Numa perspetiva histórico-microscópica, os piolhos do século dezasseis foram uns privilegiados. Viviam em Paris sem pagar rendas, convivendo de perto com as maiores cabeças da época, iluministas, enciclopedistas, cientistas e até reis e rainhas, a sorver o melhor do que o pensamento humano produzia, diretamente da fonte.

Pequenos insetos com grandes conhecimentos, adquiridos por osmose. Piolhos capazes de dissertar, tanto em francês como em latim, sobre as leis, os astros e os espíritos dos homens. Outros citariam a enciclopédia de A a Z, tendo o cuidado de deliberadamente ocultar o verbete sobre o microscópio, esse grande devassador da privacidade alheia.

Piolhos íntimos das intrigas palacianas, sabedores antes de todo o reino do que se passava na cabeça dos regentes, os segredos de alcova e as traições. Insetos ardis como os cardeais, a difamarem outros insetos menos perspicazes, pois quando um rei ou rainha hesitava era porque tinha uma pulga, nunca um piolho, atrás da orelha.

Menos sorte tiveram os seus sucessores, nos anos seguintes, subitamente despejados dos palácios quando os reis e rainhas começaram a ser guilhotinados, subjugados ainda por uma invenção que revolucionaria a França da época, o banho semanal, sendo desde então varridos, ou melhor dizendo, lavados das ilustres cabeças.

Mirei novamente Rousseau a sorrir-me na capa do livro e o imaginei a escrever no seu quarto parisiense, na penumbra, a mesa timidamente iluminada por uma vela. A peruca a repousar no cabide num canto do cómodo, após um dia intenso de uso. Rousseau a escrever de pijamas, a cabeça descoberta, para arejar as ideias e a piolhenta calvície.

Lia deitado na cama do meu quarto na República dos Anjos, provavelmente tão escuro como o do filósofo suíço, certamente menor e menos confortável do que o dele. Lá fora ecoavam da cozinha as vozes de outros inquilinos, um murmúrio grave, cortado vez ou outra por uma estridente gargalhada ou o ruidoso acionar do autoclismo.

A República dos Anjos era como os moradores jocosamente referiam-se ao prédio residencial de cinco andares onde viviam, construído no início do século passado, situado ao pé de uma escadaria numa calma transversal da agitada avenida Almirante Reis, a poucos passos do metro dos Anjos.

Um imóvel reformado no início deste século para atender à pressão imobiliária em Lisboa, onde cada amplo apartamento foi transformado numa pequena pensão, com quatro quartos individuais, uma cozinha e duas casas de banho partilhadas entre os inquilinos. A estrutura repetia-se aos pares em cada piso, nos cinco andares do prédio.

Ser obrigado a viver num quarto era a única alternativa para a maioria dos trabalhadores em Lisboa cujo salário era incapaz de acompanhar o aumento das rendas, pressionadas pela chegada dos tais expatriados, sobretudo franceses e ingleses, em busca de sol e de um *apê* de dois quartos que pudessem pagar.

Vivia no primeiro andar, junto a outros três colegas de trabalho brasileiros, a República dos Anjos uma espécie de residência extraoficial da livraria, o quarto indicado por um livreiro de saída para um novo emprego ao novato que ocuparia o seu posto entre os livros. Foi assim comigo, foi assim com tantos outros, inclusive o Mau Selvagem.

Assim como na livraria, nenhum dos meus vizinhos brasileiros chegou a conviver pessoalmente com o Mau Selvagem na República dos Anjos. Os feitos dele, porém, transcendiam a sua estada entre nós, requentadas junto com o café dormido na cafeteira, sempre quando alguém trazia uma história passada com um português.

Do meu quarto, ouvia mais uma dessas histórias a ecoar da cozinha:

— Aí ele disse que não estava percebendo o meu português — contou Bárbara, a brasileira que trabalhava na cafetaria da livraria, uma baiana de pele da cor de café com leite e o sotaque doce como mel de engenho.

Um cliente implicou com a forma dela de falar. Bárbara perguntou ao homem de óculos e seus quarenta anos se desejava a *xícara* fria ou quente, uma dúvida que para um brasileiro soa sem sentido, mas que para os portugueses é comuníssima ao ponto de se manter uma dúzia de chávenas no frigorífico para serem servidas com o café fumegante.

— Xícara?!? — perguntou o cliente, como se Bárbara tivesse sugerido misturar ao café lantânio ou um outro obscuro elemento da tabela periódica.

— Isso, o senhor deseja a xícara quente ou fria? — insistiu a brasileira, paciente.

— Xícara? Não sei o que é xícara. Não percebo o que dizes — cravou o homem, ajustando os óculos no nariz.

Claro que o cliente percebia.

Embora o corrente em Portugal fosse *chávena*, o convívio de décadas com as novelas e músicas brasileiras tornaram igualmente conhecidos outros termos utilizados lá e não cá, como ônibus, banheiro e café da manhã, em vez de autocarro, casa de banho e pequeno-almoço. De modo que todo português sabia o que era uma xícara.

A dúvida do cliente transportava oculta em si como um ardiloso Cavalo de Tróia o que Bárbara classificava como *O Complexo de Jesuíta*.

Antes de migrar para Portugal, a barista da livraria era psicóloga de formação e chegou a clinicar em Salvador. Bem-humorada, Bárbara brincava com a tendência dos baianos para o sincretismo religioso e, sem medo de melindres deontológicos ou de incorrer em heresias, dizia praticar uma psicanálise com base freudiana-olodumaré.

Se o trauma não alcançar o inconsciente no divã, vou num terreiro e arranco à força numa sessão de descarrego, repetia Bárbara, jocosa, abrindo o enorme sorriso que lhe marcava as bochechas com um par de covinhas. *É tiro e queda!*, reforçava, garantindo que, na psicanálise ou na umbanda, mais importante do que Freud ou Exu, era o charuto.

A então doutora Bárbara tinha um consultório na praia do Farol, com uma apaziguante vista para o mar. Os colegas da livraria não perdoavam a fama dos baianos em serem mais descansados e diziam que Bárbara havia trocado o divã por uma rede de algodão e que costumava servir coco fresco para ajudar a desentalar os *insights* dos pacientes.

Bárbara apenas sorria das provocações, as covinhas a marcarem-lhe as bochechas. A barista com a pele cor de café com leite era uma mulher feliz, uma felicidade sedutora, o sorriso aberto de Bárbara tão provocante quanto uma furtiva visão de parte do seio ou do sexo, roubados à fresta de um decote ou de uma saia dois dedos mais curta.

Apesar de toda essa alegria, Bárbara deixou o Brasil expulsa pela tristeza.

O primeiro sintoma surgiu quando os seus pacientes ficaram monotemáticos, após o país ser engolido pelas sombras. A culpa dos traumas não era mais freudianamente dos *pais*, mas sociologicamente do *país* onde viviam, um Brasil entristecido, violento, intolerante e cruel, uma nação castrada pelo medo, a mentira, a ganância, o escárnio e a desesperança.

Um Brasil adoecido, deprimido, maníaco e psicopata que contagiava os seus habitantes. Bárbara sentiu o fundo do poço quando passou a repetir as lamúrias dos pacientes em sua própria terapia. Chorava copiosamente, como um bebé, deitada em posição fetal no divã cheirando a bolor do consultório da sua velha terapeuta.

Freud parecia despreparado para esse Brasil das sombras, e o conselho que Bárbara tanto ansiava ouvir da terapeuta acabou por vir das contas arremessadas por uma *ialorixá* no terreiro onde também costumava ir, os santos cultuados pelos antigos escravos africanos mais forjados nas crueldades dos homens do que o barbudo austríaco.

Era a hora de partir, anunciaram os búzios atirados na toalha branca de linho. Bárbara já suspeitava da resposta e assim o fez. Com o coração dilacerado, encerrou a cortina e a vista para o mar, fechou o consultório e deixou tudo, a vida que tinha para trás. Partiu de Salvador para Lisboa sem levar nada na bagagem, salvo o seu patuá.

Já na livraria, Bárbara reprimia o passado como psicóloga no balcão da cafetaria. *Era melhor assim,* dizia a si mesma. Concentrava-se nos corações e folhas de árvores desenhados sobre o café com a espuma do leite fervido na máquina de *espresso,* sublimando a vocação psicanalítica nas primeiras semanas, nos primeiros meses.

Lentamente, porém, as imagens de espuma de leite no café começaram a borrar, e os corações e folhas a ficar cada vez mais turvos. Uma mancha disforme e indecifrável, que aos poucos passou a ter leves contornos de nitidez, até exibir nitidamente o perfil de um homem calvo e de barba com um charuto preso entre os dentes.

Como os advinhos que misteriosamente lêem o futuro na borra do café no fundo da chávena, Bárbara viu na naquela espuma no cappuccino um chamado freudiano para fazer da cafetaria a extensão do seu antigo consultório. O balcão seria o novo divã, e os clientes da livraria, os seus pacientes involuntários.

Enquanto servia cafés quentes em chávenas frias e outras idiossincrasias solicitadas pelos clientes, a psicóloga baiana notou o padrão de uma curiosa patologia psíquica entre os portugueses diante dela, uma compulsão irrefreável em corrigir os outros, não apenas em atentar para um lapso, mas de doutriná-los a todo custo.

Assim como séculos atrás os jesuítas levaram a palavra de Deus à colónia para salvar a alma dos selvagens brasileiros, prometendo um sítio no paraíso aos peculiares indígenas de tanga e tetas de fora, os portugueses de hoje seguiam a doutrinação dos novos selvagens, embora sem Bíblia, cruz, Deus e espada.

Novos selvagens que faziam o caminho inverso e aportavam em Portugal trazidos por aladas caravelas de aço, alguns ainda de tanga e tetas de fora, mas outros tantos vestidos como o colonizador, parecidos com o colonizador e a falar a língua do colonizador, novos selvagens não em busca de espelhos, mas de segurança e trabalho.

O *Complexo de Jesuíta* manifestava-se quase sempre subtilmente, sob a forma de uma compulsão irrefreada, do impulso recuperado de um ancestral código genético, enviado pelo cérebro ao aparelho vocal, camuflado em conselho, a fim de romper a barreira da censura.

— Aí ele disse que não estava percebendo o meu português — contou Bárbara.

Mas percebia, sim, claro que percebia.

Nas novelas brasileiras havia sempre alguém a beber café numa xícara, as músicas brasileiras estavam repletas de xícaras marcadas com o batom da amada ou partidas numa cena de ciúme, sem falar nas cozinhas portuguesas, onde uma empregada brasileira lavava obedientemente a xícara, e não a chávena do patrão.

Não perceber fazia parte da doutrinação do novo jesuíta. Havia uma palavra em Portugal para a xícara, para descrever a pequena louça branca sobre o pires, e essa palavra era chávena, assim como havia palavras a definirem todas as outras coisas, Deus, diabo, espada, mar, Portugal e até Brasil. E o novo selvagem deveria saber disso.

É claro que chamar a chávena de xícara poderia ser apenas um lapso, um deslize do novo selvagem, um pecadilho a que o novo jesuíta, caridoso e paciente, poderia apenas fechar os olhos e relevar, perdoando a pobreza de espírito daquela alma. Mas não, não é assim que a banda toca, não mesmo, pois o diabo está nos pequenos detalhes.

Hoje é a xícara, amanhã, o café da manhã, na semana que vem, o ônibus. Era preciso cortar o mal pela raiz, impedir a selvageria de alastrar-se como uma hera, uma erva daninha a conspurcar o jardim da nossa civilização. A chávena é o novo latim, então não me venham cá com o seu tupi, com a sua língua rudimentar, balbuciada, bárbara.

Se come do meu pão, fale a minha língua.

— Aí ele disse que não estava percebendo o meu português — contou Bárbara.

— E o que você disse? — perguntou Sérgio, o Serjão, o mesmo que no outro dia segurava *Os Três Mosqueteiros* nas mãos.

— Não disse nada, não valia a pena —respondeu a baiana, e o Serjão reforçou:

— Pois, não valia, mesmo, mas se fosse o *Mau*, ele iria ver. Ah, se iria...

Naquela noite, da capa do livro, Rousseau também ouviu aquele diálogo e abriu ainda mais o seu sorriso, satisfeito e vaidoso. Sabia que a Bárbara, assim como o Serjão, eu e os outros brasileiros na livraria e espalhados por Lisboa e Portugal éramos os novos bons selvagens descritos nas suas páginas, signatários de um contrato social.

Homens e mulheres livres a aceitarem tacitamente os grilhões das convenções sociais, cumprindo dóceis e obedientes o papel que lhes cabia na dramaturgia civilizatória. Novos selvagens descendentes dos selvagens que acolheram o homem branco europeu em sua casa, aceitando as regras do visitante como cláusulas pétreas do contrato social.

Um contrato ainda em vigor séculos depois e cujas entrelinhas perpetuavam o uso do corpo deste novo selvagem pelo novo jesuíta, como instrumento de trabalho e de prazer, em nome da convivência pacífica, não mais na colónia, mas na casa do homem branco europeu, em nome do privilégio de usufruirmos da companhia desse eterno estranho.

O mesmo privilégio usufruído pelos imundos piolhos que um tempo passeavam pelas ilustres cabeças de filósofos, cientistas, reis e rainhas, pela cabeça do Rousseau a sorrir-me na capa do livro, satisfeito e vaidoso por eu ter percebido a natureza do contrato social que nos situava sempre como parasitas do homem branco europeu.

Esse homem branco europeu que nos deu espelhos para que pudéssemos ver como a nossa fisionomia e cor da pele contrastavam com o perfil fino e a pele alva do colonizador, alva como as presas da onça, o nosso predador natural, toda uma semiótica, séculos antes de Roland Barthes, refletida naquele pequeno espelho na palma de nossa mão.

Hoje já não nos dão espelhos, e sim um outro objeto retangular, de plástico, um documento com a nossa fotografia impressa, o nosso rosto sempre mais gordo e achatado, deformado pela *webcam* barata de poucos *megapixels* destinada aos novos selvagens nos balcões de atendimentos aos imigrantes, perpetuando a semiótica do jogo de espelhos.

O cartão de residente, o documento oficial do novo selvagem, distinto na confeção do cartão de cidadão, o documento oficial do homem branco europeu. Distinto na cor, para lembrar que a cor das nossas peles nunca serão as mesmas. Distinto no nome do documento, pois o imigrante, o novo selvagem, é residente, mas não cidadão.

Como bons selvagens, aceitamos o contrato social ainda em vigor e que nos situa em um escalão abaixo dos donos da casa. Se nos portássemos bem, quem sabe um dia finalmente também alcançaríamos a graça de sermos cidadãos. Quem sabe após os anos previstos na lei, o tempo necessário para cumprirmos o nosso processo civilizatório.

Daí, um dia, um papel pousará na empoeirada mesa de uma conservatória, onde um igualmente empoeirado tabelião olhará através dos óculos com a armação de tartaruga para o rosto deformado na fotografia e decidirá se, com o condão do seu carimbo, vai mudar o destino daquela pobre e selvagem alma.

Se deixaremos de ser selvagens, imigrantes, piolhos, parasitas para virarmos portugueses.

O ruído lentamente cessou nas entranhas da República dos Anjos até o prédio ser tomado pelo silêncio e pela escuridão abissal. Não havia mais a conversa dos novos selvagens à volta de fumegantes cafeteiras, assim como os velhos selvagens reuniam-se ao redor de fogueiras para celebrar a sua existência.

Os velhos selvagens no livro do Rousseau, os bons selvagens agrupados em pequenas comunidades, entre familiares, a formarem as primeiras sociedades na idade de ouro da evolução humana, regidas por uma liberdade natural, antes da lei do mais forte vigente no contrato social suspender a nossa condição igualitária.

O cansaço era um intransigente toque de recolher, e os novos selvagens precisavam dormir. Amanhã, seria a vez de rolarmos mais uma vez a pedra montanha acima, como o Sísifo no livro do Velho, o guardião das estantes de filosofia da livraria.

Fechei o livro sobre o peito. Rousseau já não mais sorria. No pequeno quarto, as sombras que vinham da rua e cruzavam a janela bruxuleavam na parede, contando uma história qualquer, indecifrável, apenas para me embalar, para me pôr a dormir. Até a vida fora da caverna lentamente também se apagar e restar apenas o nada.

3

Como em outras vezes, devolvi o Rousseau à estante de filosofia. O Velho, também como de costume, apenas anuiu com a cabeça, em silêncio. No caminho para a seção dos policiais, cruzei com o gerente no corredor, o andar sempre apressado, que não me dirigiu a palavra, apesar de abrir e fechar a boca, conversando consigo mesmo.

A minha investigação sobre o Mau Selvagem seguia aparentemente errante, como nos livros de Chandler, naquele momento em que Marlowe, sem saber muito para onde ir, decidia ir a todos os sítios, abrindo e fechando portas, com um cigarro equilibrado no canto dos lábios que riscavam um sorriso cínico sobre o queixo quadrado e firme.

As fachadas das agências de detetives nos *noir* sempre exibiam o clássico desenho de um olho gigante, enaltecendo a capacidade dos detetives em perscrutar tudo com a visão, embora curiosamente o principal trunfo de um *private eye* não fosse ver, mas ouvir. *Keep your ear to the ground,* a voz de Marlowe ecoando nos meus ouvidos.

Manter os ouvidos no chão, como os apaches, os peles-vermelhas, antevendo a chegada dos caras-pálidas através da reverberação das patas dos cavalos no solo. Os selvagens americanos um passo à frente, escondidos atrás de uma imensa rocha ou de um cacto, a preparar a emboscada, ansiando pelo escalpo de um soldado da cavalaria.

O gerente era um homem de meia-idade, acima do peso e envelhecido por uma calvície total e prematura. Os brasileiros mais antigos na livraria diziam que nem sempre foi assim, que o gerente já tivera algum cabelo, pouco mas ainda assim algum, até os fios subitamente desertarem da cabeça dele, de um dia para o outro.

— Alopecia nervosa provocada pelo estresse — explicou Cláudia, a brasileira franzina e pálida, o olhar embaciado e as olheiras profundas, a mineira da seção de poesia, a dermatologista de formação metida entre versos alexandrinos e poemas concretos.

— Lá no hospital, — continuou Cláudia, fingindo pôr um livro na estante — lá no hospital já vi homens com aqueles *cabelões* de vocalista de banda de *heavy metal,* sabe, ficarem de um dia para o outro sem um fio de cabelo. De metaleiro a *skinhead* assim, ó — disse, estalando os dedos, enfatizando a rapidez do ocorrido.

Segundo a dermatologista da seção de poesia, a alopecia nervosa do gerente foi causada após um longo *tour de force* com o Mau Selvagem.

— Um *babado* dos grandes, nem te conto — continuou a mineira, que quando evocava o *nem te conto* era justamente o contrário.

Keep your ear to the ground, insistia Marlowe dentro da minha cabeça. Era a hora de o *private eye* deitar a orelha no chão e ouvir a cavalaria se aproximar.

Cláudia era didática. Narrava uma história como quem explica a um paciente as causas do surgimento de uma acne, desde a obstrução do folículo piloso pela gordura produzida pelas glândulas sebáceas da pele à inflamação cutânea que favorece a proliferação das bactérias e o brotar do minúsculo abscesso em flor, recheado de pus.

Segundo a dermatologista mineira da seção de poesia, naqueles tempos o Mau Selvagem já havia se convertido no Mau Selvagem, não era mais o bom selvagem de outrora, bom como todos nós, como os outros vendedores brasileiros da livraria. O *Mau* a andar sempre com a cara de poucos amigos, calado, mudo, a olhar para baixo.

— Apesar disso, de andar assim olhando para o chão, o *Mau* ouvia tudo, via tudo, sabia de tudo o que se passava na livraria. O *Mau* era foda — frisou.

O gerente, com a sua fina camada de cabelo na cabeça, uma penugem rente, eternamente aparada como a grama de um *court* de ténis, obviamente não aprovava o comportamento do funcionário. Ainda mais com os relatos de o Mau Selvagem vez outra publicamente destratar os clientes.

— O *lance* é que o gerente morria de medo do *Mau*. Sempre foi um frouxo, todo mundo sabia, mas mesmo assim ainda era o gerente, e pegava mal pra caralho esse jeitão do *Mau*. Não era um bom exemplo para os outros empregados, aquela velha história da laranja podre no cesto e tal, sabe? — explicou.

Concordei com a cabeça. Ouvia a cavalaria cada vez mais próxima.

O gerente não tinha coragem de confrontar o Mau Selvagem, mas já havia comentado com os vendedores mais próximos que a hora do *Mau* estava para chegar. O patrão contava os dias para o pé na bunda do funcionário, só não contava com a misteriosa habilidade do Mau Selvagem de ver, ouvir e saber tudo o que se passava na livraria.

Na livraria ou fora dela.

— O *Mau* era foda! — reforçou a mineira. — Havia um *zum-zumzum* na livraria sobre o gerente, mesmo com aquela cara de bunda e a indecorosa barriga de cerveja, manter um casinho fora do casamento, ter uma namoradinha fixa entre as clientes que andavam com mais frequência pela loja. Inacreditável, não é?

Cláudia arregalou os olhos sobre as olheiras escuras, culminando num esgar. Não escondeu a careta diante da imagem que provavelmente surgira sua cabeça do gerente nu, com a sua careca e a barriga de cerveja, esparramado na cama. Secretamente, pensou como uma mulher poderia se sentir atraída por uma lesma daquelas.

O certo é que a lenda da namoradinha do gerente estimulava a imaginação dos vendedores, que passaram a tentar adivinhar a amante do patrão infiel por entre as clientes mais fiéis da livraria. Bastava uma delas entrar na loja e trocar um bom dia com o gerente para os livreiros se acotovelarem, entre troca de olhares.

— Era um *babado* na loja, sabe, um tal de *será essa? Será aquela? Essa não é, com certeza não, é muita areia para o camião do patrão.* Esse tipo de conversa péssima de quem não tem mais o que fazer, sabe? — contou Cláudia.

Seguia apenas a balançar a cabeça, a orelha colada ao chão. Lá longe, ouvia o trepidar dos cascos dos alazões.

Nenhum funcionário da livraria conseguiu adivinhar quais das clientes fiéis era a namoradinha do infiel patrão. Nenhum, salvo o Mau Selvagem, que ouvia tudo, via tudo, sabia de tudo. O Mau Selvagem era foda. Nunca se soube como ele fez aquilo, mas um dia o funcionário dos correios pousou um envelope pardo nas mãos do gerente.

— Menino, nem te conto — continuou Cláudia, o *nem te conto* novamente o prenúncio de uma revelação. — Não estava na livraria no dia, mas quem estava disse que o gerente rasgou o envelope com aquela cara de cu dele, achando que ia encontrar uns panfletos, uma publicidade, uma chatice qualquer — disse a mineira, dando uma pausa dramática.

— Mas que nada — prosseguiu. — Eu não vi, não estava lá no dia, mas quem estava lá viu o gerente pegar umas fotografias, dessas fotos de papel, sabe, reveladas, parecia coisa de filme de espionagem. E aí, pálido, começou a folhear as fotos, lentamente, como num baralho, com um olhar de pânico — contou Cláudia.

Mantinha o ouvido colado ao chão. A cavalaria estava prestes a chegar.

A dermatologista mineira da seção de poesia disse que a visita dos correios se repetiu dois, três dias seguidos. Já ninguém mais na loja duvidava do teor das fotografias no envelope pardo. Por esses dias, há quem jure ter visto o Mau Selvagem abrir um raro sorriso e até ser visto na livraria a assobiar uma alegre melodia por entre as estantes.

Agora, era o gerente quem andava pela livraria cabisbaixo e com o cenho franzido. Os empregados mais próximos ao patrão já não mais ouviam as ameaças veladas sobre o pé na bunda do Mau Selvagem. Não ouviam nem mesmo a irritante voz anasalada do gerente, que se autoinfligiu um punitivo voto de silêncio.

— O *Mau* era foda! — insistia a dermatologista da seção de poesia. Tão foda que não só não foi despedido, como acabou promovido.

O *Mau*, assim como tantos outros na livraria, era um funcionário precarizado, com um contrato temporário, com prazo de validade no trabalho, seis meses, um ano no máximo. Era o fim do prazo de validade do contrato que o gerente ansiosamente esperava. Não via a hora de meter os patins no Mau Selvagem e mandá-lo vazar dali.

Mas não foi o que aconteceu. Pelo contrário.

— Um dia, o Serjão, o da literatura estrangeira, sabe? — continuou Cláudia. Balancei a cabeça outra vez. — O Serjão anda a comer a tipa dos recursos humanos, aquela branquela azeda, sabe? — prosseguiu.

Keep your ear to the ground, insistiu Marlowe atiçado pela informação de que alguém finalmente estava a foder nesta história.

Cláudia continuou, alheia aos interesses do detetive na minha cabeça.

— Um dia, a branquela do RH, com o Serjão arfando em cima dela, confidenciou que o *Mau* saltou da lista de despedimento para a de promovidos, assim ó — contou, novamente estalando os dedos, enfatizando a celeridade da brusca mudança de estatuto do Mau Selvagem nos registos do RH da livraria.

Em contraste à lúgubre cena do gerente nu na cama como uma lesma, a menção do Serjão da literatura estrangeira a foder vigorosamente a branquela azeda do RH fez brotar uma lasciva centelha no olhar embaciado da mineira, talvez reavivando a memória de uma longínqua noite em que um homem também arfou por cima dela.

A reação da mineira, antes de constrangedora, comoveu-me. Sabia o que era isso. Também lá se ia um bom tempo em que eu estivera sobre alguém, a suar, gemer e contrair cada músculo do corpo, até a redentora explosão emergir das minhas entranhas e romper a superfície, como a erupção de um vulcão após um longo período adormecido.

O Serjão da literatura estrangeira fodendo a branquela azeda do RH da livraria era a exceção à regra na errante rotina sexual da maioria dos imigrantes, bloqueada pelas diferenças culturais, constrangida pela necessidade em atender a urgências mais prementes, como garantir um trabalho e um teto e pagar as contas.

Mas disso eu falo depois.

— E todo mundo sabe, — prosseguiu Cláudia, interrompendo as minhas reminiscências sexuais — todo mundo sabe que o que se diz na cama, entre uma gozada e outra, é a pura verdade, não é? — concluiu, pronunciando de uma forma esquisita a palavra *gozada*, como se atingisse o orgasmo ao mesmo tempo que a branquela do RH.

Justamente por esses dias, enquanto os envelopes pardos não paravam de chegar pelos correios e o Serjão arrancava os segredos da branquela azeda do RH com orgasmos múltiplos, o gerente desapareceu da livraria. Um fim de semana ausente, a segunda-feira, a terça e a quarta também. Nenhum sinal de vida do patrão.

— Quando o gerente finalmente voltou, na quinta, na sexta, não tenho certeza, o que tenho certeza é de que quando voltou estava carequinha da Silva. Nem um fio de cabelo na cabeça. Alopecia nervosa provocada pelo estresse, vi logo, pois dessas coisas entendo — atestou a dermatologista da seção de poesia, repondo um livro na estante.

E entende mesmo. O Mau Selvagem, como os apaches americanos, como os maus selvagens da fita nos filmes de faroeste, havia retirado o escalpo do general da cavalaria, deixado o homem branco, outrora confiante e cheio de si, careca, sem um único fio na cabeça, o tufo de cabelo do patrão um vistoso troféu de guerra.

Era oficial, e até mesmo o Marlowe na minha cabeça concordava: o *Mau* era foda.

Assistia ao gerente afastar-se com passos inseguros e a falar consigo mesmo, ainda perdido sobre as considerações das estratégias do Mau Selvagem e dos feitos de alcova do Serjão, quando a doce voz de Bárbara ecoou pela loja, a chamar o meu nome do balcão da cafetaria.

— Vem cá, tenho novidades! — disse, o sorriso a ressaltar-lhe as profundas covinhas.

O espaço da cafetaria era relativamente novo, erguido no fundo da loja para receber a horda de turistas que vagavam por entre as estantes da livraria não em busca de um livro, mas do melhor cenário para a *selfie* num dos pontos turísticos de Lisboa. A estratégia era tentar vender pelo menos um café aos mais constrangidos em sair de lá com a foto mas sem um livro na mão.

A cafetaria da livraria ocupava uma antiga cave de paredes côncavas em pedra, o que lhe conferia uma anacrónica ancestralidade, como se a reluzente cafeteira italiana em aço inoxidável já lá estivesse a cuspir fumegantes expressos três séculos atrás. A decoração minimalista consistia num pequeno balcão, cercado por meia dúzia de mesas.

Vez ou outra, o estridente ruído de um talher caído ao chão, de uma chávena ou prato partido ou ainda a indecorosa gargalhada de um cliente que se permitira um copo de tinto a mais perturbava a tranquilidade habitual de uma livraria, atraindo o reprovador olhar de quem folheia um livro e esperava, no mínimo, um silêncio monasterial.

Os funcionários comentavam ter sido ali, naquela cave, onde um antigo dono da livraria deu fim às suas aflições com uma bala na cabeça, o que explicava o espaço ter passado décadas fechado, como um luxuoso depósito de entulhos. Isso até a nova administração encerrar o luto, ignorando as questões metafísicas em nome do lucro.

Os novos empregados da cafetaria, porém, juravam que a alma angustiada do antigo patrão ainda frequentava a cave-mausoléu, folheando as páginas dos livros nas mesas, fazendo deslizar os talheres e pratos que ruidosamente caíam ao chão, assombrando os vivos que desrespeitosamente ousavam perturbar o seu tormento eterno.

— Vem cá, homem, tenho novidades! — insistiu Bárbara.

E fui.

A psicóloga baiana preparava um café na potente cafeteira italiana. Manipulava botões e alavancas como quem pilota um submarino nuclear. A máquina de temperamento explosivo respondia aos comandos da barista freudiana com uma espécie de rugido grave, encobrindo Bárbara numa branca névoa de fumo de vapor. A terapeuta, porém, parecia acostumada a tratar a neurastenia tanto de pessoas como de cafeteiras. Alheia às queixas da máquina, Bárbara torcia e retorcia os botões, domando a fera de aço, até o líquido quente e escuro jorrar das entranhas das engrenagens, preenchendo a antiga cave com o intenso e inconfundível aroma de café.

— Chávena ou xícara fria? — perguntou Bárbara, aludindo ao famoso episódio com o seu antigo paciente de balcão, acometido do *Complexo de Jesu*íta.

— Xícara, por favor — respondi, achando piada no humor da baiana. — E dois dedos de leite, por gentileza — completei, nem tanto por uma preferência no preparo, mas para observar mais uma vez a fusão dos líquidos claro e escuro emular a bela matiz de cor da pele da psicóloga. — Mas, me diga lá, que novidade é essa?

— Vamos todos poder ir votar amanhã! — anunciou, sem esconder a animação, o par de covinhas a surgir no rosto dela, o café a descer escuro e escaldante na chávena.

Não deixava de ser uma boa novidade. Desde a primeira volta da eleição presidencial no Brasil, quando boa parte dos brasileiros da livraria não votou por estar trabalhando, instalou-se a expetativa de que, no segundo turno, uma conjunção astral retirasse os funcionários *zucas* da escala de trabalho daquele domingo.

O que não era fácil, para não dizer improvável. Os brasileiros eram maioria na livraria, e falar com o gerente não adiantaria, pois estava nas tintas para o que se passava no Brasil. Parecia inclusive incomodado com as conversas sobre política que se arrastavam há meses entre as estantes, na opinião dele uma distração a mais aos seus livreiros.

— E como é que isso aconteceu?

— Ah, o Serjão mexeu os seus pauzinhos, é claro.

Então, a conjunção astral tinha nome. Assim como Bárbara e a sua cafeteira, o Serjão sabia manipular os botões da branquela do RH. Era capaz de extrair tudo da gestora de recursos humanos, de orgasmos a informações privilegiadas e, agora, folgas dominicais para a equipa. Não me espantaria se o Serjão um dia também tirasse um *espresso* dela.

— Tinha que ter o dedo do Serjão, claro — concordei.

— Vamos combinar que não foi propriamente o dedo — respondeu Bárbara.

Rimos os dois, mas secretamente a menção às famosas habilidades de alcova do Serjão me desconcertou. A verdade é que, já há um tempo, sentia brotar uma atração por Bárbara, uma espécie de saudade constante, a vontade de estar mais ao lado dela, de ouvir a sua voz levemente rouca e tocar na sua pele quente como uma chávena de café.

Talvez, o sinal de que as feridas de experiências sentimentais frustradas estivessem cicatrizadas. Feridas que, uma a uma, paulatinamente minaram a minha confiança em ser alguém *interess*ável a outro alguém, dissuadir-me de avançar com Bárbara para além da conversa casual no balcão da cafetaria.

Era um tímido, ao contrário do Serjão, sempre a rondar a baiana, uma tarântula em constante dança do acasalamento. O Serjão, o macho-alfa clássico, um lobo confiante das capacidades predatórias, nos caninos afiados, no lustre do seu pêlo. A audácia e o ímpeto de um felino de grande porte, capaz de urinar nos pés das mulheres da livraria para demarcar o seu território.

Às vezes, tinha a impressão de Bárbara corresponder às minhas expetativas, num gesto com as mãos, no sorriso mais prolongado. Um laivo de esperança que rapidamente se esvaía ante a predatória presença de Serjão, a rodar sobre o eixo da psicóloga na sua sensual tarantela, o meu débil amor próprio subjugado pela inabalável confiança dele.

— O Serjão não perde uma, tem a mulher que quiser — disse, a declaração uma síntese em voz alta dos meus pensamentos. Arrependi-me imediatamente da explícita confissão de derrota, mas já era tarde.

— Pois, quem quiser que compre, mas não é o meu número — respondeu Bárbara.

A psicóloga baiana tinha a cabeça baixa em direção à chávena, concentrada na alva espuma de leite que lentamente escorria do bule em sua mão e desenhava sobre a superfície do café uma das suas artes de *neobarista*, o repertório variado, um ramo de árvore, uma lua crescente, um sorridente *emoji*.

Ficamos os dois em silêncio.

Segundos depois, a barista baiana concluiu o trabalho e, com uma das mãos, estirou a chávena em minha direção.

— Este é o teu — disse, girando a chávena, de onde se via a espuma branca do leite a riscar no leito negro do café a figura de um singelo coração.

4

Bárbara levemente ressonava deitada ao meu lado, os dois corpos ainda nus, untados pelo suor, a partilhar a estreita cama de solteiro do pequeno quarto dela na República dos Anjos, o cheiro de álcool e sexo a impregnar o cómodo, a escuridão parcialmente vencida pela luz de um lampião que, da rua, cortava as cortinas cerradas às pressas.

Levantei-me lentamente para não a acordar, receoso também de que qualquer gesto mais brusco denunciasse tudo não passar de um sonho e Bárbara, a cama e o quarto desvanecerem no ar e só restar o nada, apenas o vazio no qual havia se traduzido a minha patética existência nos últimos tempos.

O laivo luminoso vindo da janela desenhava uma faixa no corpo nu de Bárbara, revelando parcialmente o sexo da baiana, a penugem quase inexistente, delineada provavelmente por uma outra brasileira num salão de beleza em Arroios, iluminando também a barriga rija, que se movia no compasso da respiração, e um dos seios, marcado pela auréola rosada.

Sentado na cama, vi o quarto girar, denunciando os excessos de um dia surpreendente feliz, do domingo de eleição, de ir votar, de se reunir com os brasileiros na República dos Anjos em volta de um animado churrasco, da bebida farta, do riso escancarado, da música alta, do Chico a alertar que amanhã seria um outro dia.

Lembrava de Bárbara sentada sempre à minha volta, a conversa despretensiosa a ganhar outros tons à medida que o tempo passava, forçando o sol a percorrer o seu arco no céu azul do quintal de um velho prédio nos Anjos. Lembrava as palavras ganharem coragem, incentivadas pelo álcool, abrindo as portas para certos tipos de verdades.

E do beijo, claro, o beijo já sem o sol como testemunha, cercado pelas estrelas e pela euforia do resultado das urnas, da comemoração de final de Copa do Mundo com a saída da extrema-direita do poder, a celebração... em voltar a sonhar com um Brasil mais justo e solidário, de constatar que o Chico sempre esteve certo e que, amanhã seria um outro dia.

Amanhã seria um outro dia sem o ódio na presidência, sem a crueldade como norte das decisões do país, sem a perseguição às minorias e aos mais frágeis, sem filas de miseráveis em frente aos mercados à espera de ossos e carcaças de animais para comer, sem florestas deliberadamente a arder, sem a ignorância, o escárnio e o preconceito como ideologias.

Um outro dia para um país atolado na sua própria Idade Média, distinta da Idade Média europeia, uma Idade Média do novo mundo, aos moldes dos vizinhos do norte, uma Idade Média *american way of life*, dos tempos do faroeste, do bangue-bangue, da corrida do ouro, do desmatamento desenfreado, da aniquilação cruel dos indígenas.

Um outro dia para uma nação forçada a virar as costas à razão, à ciência e à cultura, imersa nas trevas, serva do obscurantismo e do negacionismo, agarrada a um deus da boca para fora, a um Jesus novamente martirizado, chicoteado por políticos e pastores sem escrúpulos e manipuladores, as palavras sagradas reescritas em benefício próprio.

Um cenário de caos e atraso civilizacional que nos últimos anos dividiu o país, criou inimizades insuperáveis, separou famílias e fez do Brasil um lugar insuportável para viver a quem tinha o mínimo de decência e empatia pelo outro. Quem reuniu condições de fugir o fez, em busca de segurança, paz de espírito ou apenas para não enlouquecer.

Era essa a realidade dos brasileiros na República dos Anjos, refugiados, autoexilados, sobreviventes de uma era de ódio e escuridão e que agora, embriagados e extasiados, celebravam num quintal de um prédio caindo aos pedaços de Lisboa o resultado de uma eleição que prometia resgatar da Idade Média um Brasil também caindo aos pedaços.

Uma promessa recente, mas ainda assim significativa o bastante para trazer à tona, entre os estalar dos copos nos brindes e os cânticos de vitória, um pensamento secretamente tantas vezes ruminado por cada um de nós mas raramente verbalizado, da possibilidade de um retorno no caso de uma mudança no panorama político e social do país.

Não me lembro de quem puxou o assunto com um despretensioso *agora, é a hora de fazer as malas e zarpar para o Brasilzão,* mas a questão palpitava de tal forma latente entre nós que imediatamente afastou os copos, garrafas e pratos sujos com as sobras de carne e salsicha sobre a mesa e instalou-se, dominando o rumo da conversa.

Sem muita surpresa, um a um entre os brasileiros da República dos Anjos anunciou a intenção de em algum momento, não agora, mas não tão distante, também fazer as malas e *zarpar para o Brasilzão*. Natural para um contingente que, diferentemente das vagas anteriores, sem grandes perspetivas no Brasil, ainda tinha muito o que fazer por lá.

Todos em volta daquela mesa, repleta de copos, garrafas e pratos com sobras de churrasco, ao partirem em fuga dos sombrios anos do fascismo à brasileira, deixaram mais que amigos, parentes e boas memórias para trás. Abandonaram também as casas, os empregos e as oportunidades de negócios que não encontraram aqui.

Que provavelmente nunca encontrariam.

A maioria dos brasileiros da República dos Anjos que se apertava num minúsculo e escuro quarto de solteiro cheirando a bolor abriu mão de um estilo de vida mais confortável no Brasil, de uma casa mais ampla, arejada e iluminada, talvez de frente para o mar, sendo diariamente despertado pelo tépido toque do sol e da brisa marinha.

E, por mais que a livraria fosse um sítio limpo, silencioso, aquecido e frequentado na maioria das vezes por uma clientela tranquila e educada, por mais que vender um livro fosse mil vezes melhor do que enfiar a cara na sanita ou na fralda cagada por um puto ou um velho português, ainda assim não era a primeira opção de nenhum deles.

O inquietante e constante desejo guardado no peito de um dia retornar não tinha como combustível apenas a nostalgia de um passado abandonado às pressas num aeroporto do Brasil ou a realidade dura de um imigrante em Portugal. Era alimentado ainda pela angustiante sensação de não se vislumbrar aqui um melhor horizonte pela frente.

— Daqui pra frente, é só pra trás, *mermão* — costumava repetir o Serjão, como num mantra, sempre que um de nós fazia um comentário sobre uma das tantas dificuldades inerentes à rotina de imigrante brasileiro.

O Serjão, trinta e tal anos, um carioca bem-humorado, alto, atlético, de pele eternamente bronzeada, como se em Lisboa fosse sempre verão em Copacabana. Apesar do estereótipo de surfista maduro, hibernava dentro de uma caixa de sapatos no roupeiro da *Ikea* no minúsculo quarto dele na República dos Anjos um diploma em Sociologia.

O Serjão sociólogo, o Serjão da seção de literatura estrangeira, o Serjão que *dava um trato* na branquela azeda do RH, o Serjão com a mania de chamar todos pela metade do nome ou no diminutivo, todos menos o dele, sempre no aumentativo, nada disso de Sérgio, Serginho nem pensar, é Serjão, para não pairar dúvidas da sua grandeza.

E talvez existisse uma grandeza sociológica nas palavras do Serjão, uma espécie de Foucault dos trópicos, um arqueólogo do saber que não precisava cavar tão fundo para entender o mecanismo na rotina de um imigrante brasileiro em Portugal, onde o motor da sociedade teimava em fazer as engrenagens girarem sempre em marcha-atrás.

— Daqui pra frente, é só pra trás, *mermão* — ensinava o nosso Foucault bronzeado.

— O funcionário dos serviços de fronteira gritou comigo só porque sou brasileiro.

— Daqui pra frente, é só pra trás, *mermão*.

— Não aceitaram o meu diploma só porque é brasileiro.

— Daqui pra frente, é só pra trás, *mermão*.

— Meu chefe quer me comer só porque sou brasileira.

— Daqui pra frente, é só pra trás, *mermão.*

— Meu filho está sofrendo *bullying* na escola só porque é brasileiro.

— Daqui pra frente, é só pra trás, *mermão.*

— Só porque sou brasileiro.

— Daqui pra frente, é só pra trás, *mermão.*

Fazendo jus ao seu mantra, foi justamente o Serjão o primeiro na mesa a anunciar o desejo de voltar ao Brasil o mais rápido possível. Agora que as urnas prometiam soprar as nuvens negras do ódio para longe, daqui para frente, era só para trás. Restava a quem tivesse algo guardado ou alguém à espera no Brasil, apenas o óbvio retorno.

— É juntar um trocado e *pegar o beco* — anunciou o Serjão, entornando de uma só vez um copo de cerveja, a sede de um iminente retorno traduzida na ânsia de um desconcertante gole, o líquido amarelo a escorrer por um dos cantos dos lábios.

— Agora, o Brasil vai voltar a ter universidade, a ter educação, *mermão*! — celebrou o Serjão, num solitário brinde.

O Serjão era pesquisador de um núcleo de sociologia vinculado a uma universidade, destinado a levantar e estruturar dados sobre as comunidades originárias na Amazônia. Logo no primeiro ano da tragédia sob a forma de um governo, o departamento onde o carioca trabalhava foi desativado pelos drásticos cortes das verbas na área da educação.

Mais do que um descaso com a educação do país, o Serjão não cansava de explicar que o corte orçamentário era parte da estratégia cuidadosamente planeada de desmonte da estrutura de proteção dos povos originários e do meio ambiente numa região cobiçada por grandes apoiadores do presidente fascista do país, a mineração e o agronegócio.

Era o Brasil a engatar a primeira marcha-ré rumo a sua Idade Média. Seguiram-se as nomeações de administradores públicos nos órgãos de proteção ambiental e dos indígenas sem conhecimento nas respectivas áreas de atuação e a mínima empatia, para não dizer o total desprezo, pelo meio ambiente e pelos povos originários.

— Daqui pra frente, é só pra trás, *mermão* — passou, desde então, a repetir o Serjão o seu mantra.

A derrota nas urnas do governo fascista anunciava a hora de se reciclar mais uma vez o postulado do surfista maduro de pele eternamente bronzeada, dando-lhe uma conotação agora menos pessimista. Daqui pra frente, *mermão,* sem a extrema-direita e seus ideais fascistas no poder, daqui pra frente, era só pra trás, era só voltar ao Brasil.

Sentada ao meu lado, Bárbara acompanhava a conversa em silêncio, a fisionomia serena e o olhar a vaguear, mirando para além dos outros que falavam ao mesmo tempo e em voz alta. A noite no quintal da República dos Anjos encobria parte do rosto dela, e a baiana, como a lua que reinava no céu, tinha uma face iluminada e uma outra oculta.

Permaneci ali por alguns segundos, a contemplar o perfil em *chiaroscuro* de Bárbara, a girar em órbita da lua do rosto da psicóloga baiana, um cosmonauta amador, amador não só no sentido restrito de se fazer algo sem esperar um pagamento em troca, mas fiel ao radical sintático do termo, de amador por se entregar a algo por amor.

Os astrónomos chamam de revolução cada volta que um astro dá em torno do próprio eixo, e há na designação uma sabedoria. Naqueles segundos em que me deixei levar pela rotação da baiana, experimentei uma pequena revolução, o cosmonauta dentro de mim sentindo-se mais confiante, mais *interess*ável, sem temer explorar a gravidade dela.

Até porque, na órbita de Bárbara nada parecia ser grave. No universo da baiana, tudo era gravidade zero.

Subitamente, Bárbara virou-se em minha direção, e a lua do seu rosto iluminou-se por completo, exibindo os seus olhos escuros e os contornos do nariz e da boca. Surpresa, achou graça em perceber que estava a ser observada esse tempo todo, e um leve sorriso riscou a sua face.

Na sua cabeça de psicóloga, as sinapses devem ter chegado a alguma óbvia conclusão.

— Também pensa em voltar? — perguntei, quebrando o silêncio, tentando disfarçar o constrangimento em ter sido flagrado.

Não havia pensado na hipótese de Bárbara retornar ao Brasil, pelo menos até agora, até a pergunta sair de rompante e transformar o subterfúgio de um constrangimento em uma verdadeira curiosidade.

— Quem não pensa, não é, meu *nego*? A gente pensa sempre em tanta coisa — respondeu Bárbara evasiva, a voz lenta, preguiçosa a denunciar o espírito e o corpo relaxados, a guarda baixa, o escudo à prova de tudo de todo imigrante atenuado pela ação apaziguadora da embriaguez.

Nada respondi, adiando a possibilidade de diálogo. A resposta evasiva da baiana minou a confiança do cosmonauta dentro mim, temeroso diante da nebulosa perspetiva de que Bárbara cogitava fazer o caminho de volta agora que as pesadas nuvens sobre o Brasil pareciam dissipar-se. *Daqui pra frente, é só pra trás*, pensei.

Tentei articular alguma resposta, mesmo que parva, na tentativa quase desesperada de lhe prender a atenção, de não a deixar escapar e correr o risco de que uma das faces do rosto da baiana voltasse a ser engolida pela escuridão, justamente agora que tinha a lua cheia de Bárbara a brilhar só para mim.

Mal abri a boca, e foi aí que o beijo surgiu.

Surgiu por iniciativa dela, claro, a baiana sempre forte e decidida, impaciente com a minha indecisão, benevolente com a minha pusilanimidade. E o beijo surgiu com a força de um *big bang*, revirando o cosmos, expandindo universos. Fechei os olhos e, no firmamento das minhas pálpebras, vi a vida surgir, luminosa, numa chuva de estrelas.

Não sei muito bem como, mas na velocidade da luz já não estávamos mais no quintal do prédio, na companhia dos demais brasileiros, cercados por copos, garrafas e pratos sujos com as sobras de carne e salsicha sobre as mesas. Estávamos no minúsculo quarto de Bárbara, deitados na cama de solteira de Bárbara, os corpos entrelaçados.

Bárbara por cima, a cavalgar, a dominar. Bárbara uma valquíria de cabelos negros que escorriam pelo corpo cor de café com leite da baiana, encobrindo parcialmente os seios firmes, os cabelos untados à pele empapada de suor. Uma pele quente e leitosa, a mesma temperatura e textura dos *capuccinos* que a barista tirava da cafeteira italiana.

A imensa cafeteira de aço inoxidável que a baiana dominava com destreza, como agora fazia com o meu corpo, manipulando aqui e acolá em pontos específicos, elevando a temperatura, controlando a pressão, o vapor a desprender-se dos poros, pressionando o sexo dela no meu, a cavalgar cada vez mais rápido, até o líquido quente e denso jorrar.

Saciada, Bárbara deixou-se cair pesadamente ao meu lado, ofegante, a respiração no mesmo ritmo da minha, o coração a bater em sincronia com o meu, dois corpos atados pelo sexo, a pulsarem como um só organismo. Os cabelos dela cobriram-me como uma manta negra, e a baiana beijou-me de olhos fechados, um pouco antes de dormir.

Foi com Bárbara ainda levemente a ressonar deitada ao meu lado que me levantei lentamente para não acordá-la, que resisti ao sono para não correr o risco de acordar de um sonho. Guiei-me pela luz do lampião que varava as cortinas cerradas às pressas e colhi as roupas espalhadas pelo chão do quarto, com o mínimo ruído possível.

Vesti-me cuidadosamente, a olhar para Bárbara nua na cama estreita, a luz do lampião da rua a desvelar parte do corpo dela, um relance do sexo, de um dos seios, a boca entreaberta, os lábios grossos. Encostando cuidadosamente a porta, saí do quarto sem a mínima vontade de ir, como se deixasse a minha felicidade para trás.

A República dos Anjos dormia em silêncio, imersa na escuridão. Tateei pelo corredor, sem acender a luz, evitando denunciar o que já era óbvio para os demais vizinhos da casa. O meu desejo, porém, era o oposto, de acender todas as luzes, fazer o maior barulho possível e anunciar que estava vivo, que alguém se interessava por mim.

Acordar os vizinhos da República dos Anjos e deixar bem claro para quem porventura não tivesse visto, ouvido e percebido que Bárbara dormiu comigo naquela noite especial, que me elegeu em vez do Serjão, que o carioca de pele bronzeada poderia seguir com os encantos com a branquela azeda do RH, mas com a doce Bárbara, nunca.

Em vez disso, sucumbi à discrição, ou à covardia, e caminhei em silêncio, um passo após o outro, cauteloso, pelo corredor escuro em direção ao meu quarto. Com dificuldades, a mão ainda trêmula pelos efeitos do álcool, encaixei a chave e abri a porta, sem fazer ruído. Ao contrário do quarto de Bárbara, não havia um lampião que iluminasse o cómodo a partir da rua.

Inexplicavelmente, preferi não acender a luz do quarto, como se isso fosse o suficiente para acordar os vizinhos ao lado. Cruzei parte do caminho até a cama arrastando os pés, tentando me acostumar ao breu, evitando os obstáculos naturais de um cómodo, uma cadeira, uma mesa de cabeceira, sapatos espalhados pelo chão.

Tive relativa sorte em desviar das barreiras, até parar na mais improvável delas, um desnível provocado por um taco eternamente desencaixado. Improvável pois esse taco solto era um velho conhecido, um obstáculo familiar, aparentemente inofensivo, e tantas vezes resvalei na quina protuberante de madeira sem perder o equilíbrio.

Dessa vez, porém, foi diferente, como se o taco, por vontade própria, tivesse esticado um pouco mais a sua saliência e deliberadamente tentado estabelecer um contato. Não a comunicação de costume, a do leve roçar, como o triscar da pata de um gato. Não, não, dessa vez o taco queria mais, queria chamar a minha atenção, dizer-me alguma coisa.

E foi assim que topei com o meu velho conhecido. Um tropeço dos grandes, capaz de me fazer perder o equilíbrio. O choque contra a quina saliente do taco lançou-me dois passos adiante. Tentei segurar-me em qualquer coisa que pudesse me amparar, mas, no escuro, as minhas mãos só encontraram o vazio.

Tombei com toda a força.

Bati em cheio com a testa em algo sólido, a borda da cama talvez, antes de desabar por completo no chão. Trinquei os dentes de dor e senti o sangue escorrer, quente e leitoso, pelo rosto, antes de desmaiar e mergulhar numa escuridão ainda maior do que a que engolia o meu quarto.

5

— Cuidado com o *Matuza, mermão* — ouvi o Serjão dizer, enquanto caminhava ao meu lado pelos corredores da livraria. — O *coroa* lá não bate bem do juízo. Deu cabo da cabeça do outro e um dia vai dar cabo da tua — continuou, antes de finalizar o seu conselho matinal: — depois, não vá dizer que o Serjão aqui não te avisou…

O *Matuza* em questão era o Velho, o livreiro da seção de filosofia. Mais uma das alcunhas postas pelo Serjão, que preferia chamar todos pelo nome que elegia: Fernando, o paulista que dividia a área de literatura estrangeira com ele, era o *Nando*, a baiana Bárbara era a *Babinha*, e a mineira Cláudia da poesia, a *Cacau*.

Foi a *Cacau* quem me explicou o porquê de o Velho ser o *Matuza*:

— *Matuza* é diminutivo de quê? — perguntei noutro dia, ao ouvir o Serjão referir-se ao Velho dessa forma.

— De Matusalém, é óbvio — respondeu Cláudia, semicerrando os olhos sublinhados pelas olheiras profundas.

Até então, havia escapado da mania do Serjão em rebatizar os colegas da livraria, talvez por desinteresse dele ou pelo meu nome não colaborar na construção de um diminutivo. Mas o acidente doméstico no domingo da eleição facilitou o trabalho para o carioca, pois a forte queda no meu quarto deixou-me com um enorme olho roxo.

Desde então, era o *Pirata*. Bastou pisar na livraria com a nódoa escura no olho direito para o Serjão apontar-me o dedo e dizer: *Ih, saca só, lá vem o Pirata!*. Os demais colegas de trabalho, na verdade, não acharam muita piada no apelido. Pareciam mais preocupados com o meu estado de saúde, depois de dois dias sem aparecer na loja.

— E esse olho roxo, *Pirata*, que vacilo — comentou o Serjão.

— Pois foi, caí no quarto — limitei-me a dizer.

— É a idade, *Pirata*, é a idade. Daqui pra frente, é só pra trás...

Idade ou não, acordei na segunda-feira após a queda para lá do meio-dia, mergulhado numa poça de sangue no chão. A cabeça latejava bastante, e a princípio não consegui me levantar. Fiquei um tempo deitado, a respirar com dificuldade, mirando com apenas um dos olhos o taco saliente que se desprendeu totalmente do assoalho com o tropeção.

Levei umas duas horas entre levantar-me e tomar conta da situação. A República dos Anjos estava deserta. Os brasileiros que folgaram no domingo da eleição para votar estavam escalados para trabalhar na segunda-feira, inclusive eu, ainda com a responsabilidade de ser um dos que deviam abrir a livraria.

A essa hora, não havia mais nada a ser feito.

Caminhei lentamente até a casa de banho, com a sensação de que a cabeça estava prestes a explodir. Mal entrei no pequeno cómodo, recorri à sanita para vomitar, uma torrente que me fez contorcer agarrado à retrete, mas que de alguma forma deixou-me um pouco mais disposto e com a impressão de que a cabeça me doía menos.

No espelho do lavabo, vi a dimensão do estrago: o corte começava sobre o sobrolho e subia ligeiramente pela testa, como uma vírgula ao contrário. O olho direito totalmente fechado, circundado por uma enorme mancha escura. Mal comparando, era um pugilista massacrado pelo oponente no ringue até o último *round*.

Lavei o rosto com cuidado, mas o aspecto da ferida não melhorou muito. Pelo contrário, o corte voltou a sangrar assim que o toquei. Precisava de ser suturado. Achei uns analgésicos no armário ao lado do espelho e tomei dois comprimidos de uma só vez. A ideia era trocar-me e ir ao hospital. O que na verdade só aconteceria mais tarde.

De volta ao quarto, tentei repor o taco no assoalho e evitar outra queda, mas algo impedia o encaixe. Aliás, algo que desde sempre era o motivo de o taco estar um dedo saliente do chão. Por baixo do espaço onde ele deveria assentar, alguém havia escavado uma cavidade no piso e lá deixado uma pequena caixa retangular de madeira.

Um esconderijo. Veio-me logo a imagem de uma criança, o filho ou a filha de um antigo morador do prédio, antes de o apartamento ser reformado e se transformar numa pensão para acomodar imigrantes brasileiros em Lisboa. Retirei a caixa de madeira da cavidade e tapei-a com o taco, que não voltou a se encaixar, permanecendo levemente saliente.

A caixa de madeira era na verdade um pequeno baú, sem cadeado ou fechadura. Bastava levantar a tampa côncava para aceder ao tesouro de uma infância perdida no tempo, carrinhos de lata, soldados de chumbo, uma coleção selos ou de anéis, a múmia de insetos, de formigas, abelhas e escorpiões, encarcerada num frasco de vidro.

O que encontrei, porém, não parecia um tesouro infantil. No interior do pequeno baú, havia um envelope pardo, dobrado em dois, a fim de caber por inteiro na caixa de madeira. Numa vista rápida, parecia conter cerca de uma dúzia de cartas. Ao lado do envelope, surgiu ainda um pequeno cilindro negro de plástico.

Um cilindro do tipo usado para guardar filmes em película. Destampei-o sem dificuldade, e foi justamente um rolo de filme o que saltou do interior, uma tira em negativo. Colada à superfície, uma etiqueta adesiva trazia escrito à mão o nome *Charlie* e um número de telefone, numa caligrafia que parecia ser de um homem.

Com apenas um dos olhos aberto, fiquei um tempo a observar os *frames* dos negativos no contraluz, tentando decifrar as imagens. Aparentemente, duas pessoas conversavam numa mesa. De repente, o ruidoso som da porta da República dos Anjos a abrir tirou-me do transe.

Foi o tempo apenas de enfiar tudo de volta ao baú e guardá-lo sob a cama, e Bárbara entrou no quarto.

— Puta que pariu! Que merda foi essa? — gritou a baiana, arregalando os seus lindos olhos, num esgar de pânico, enquanto se livrava da bolsa e de um saco de compras para vir em minha direção.

— Caí ontem à noite — foi o máximo que consegui articular.

— Caiu, não, meu bem — respondeu Bárbara, já com a mão no meu queixo, examinando o corte sobre o meu olho.

— Tu te *fodesse* direitinho, isso sim.

Bárbara ajudou-me a vestir-me e acompanhou-me ao hospital, onde, após uma hora de espera, uma enfermeira com cara de enfado e a mão pesada costurou o corte no meu rosto, cada ponto cerzido como se estivesse com raiva por obrigá-la a fazer aquilo. Em seguida, um outro enfermeiro empurrou a cadeira de rodas até o raio-x.

No fim, outra meia hora até o médico plantonista analisar a imagem do meu crânio exposta num quadro de luz. Em seguida, passou uma vista de olhos na sutura realizada pela enfermeira, balançando a cabeça, como se concordasse com a qualidade do serviço. Enquanto digitava algo no computador sobre a secretária, murmurou:

— O senhor teve sorte. Um bocadinho abaixo e poderia perder a visão. Também não há fraturas ou fissuras — disse, a premir um botão, fazendo a velha impressora matricial gemer e cuspir uma folha. — Mas o senhor sabe como é, um trauma na cabeça exige uma observação. Se sentir algo estranho, tontura, vômitos, retorne — concluiu, esticando-me um papel.

— O que faço com o olho?

— Nada de especial, apenas gelo. Tem mais um dia de baixa. Tente descansar.

Foi justamente o que não fiz.

Na mesma noite, até que segui a orientação do médico. Melhor dizendo, Bárbara seguiu a orientação do médico, improvisando uma compressa com uma toalha de rosto e cubos de gelo. A princípio, a insistência dela em me ajudar irritou-me um bocado, pois preferia estar só para explorar os tesouros no baú escondido embaixo da cama.

Uma irritação que durou poucos minutos, o tempo de repousar a cabeça no colo dela, enquanto Bárbara cuidadosamente massageava a região do meu olho com a toalha. Do telemóvel da psicóloga ouvia-se uma *playlist* de cantores baianos, Gil, Caetano, Gal, e, vencido pela exaustão e pela quase esquecida sensação de ser acarinhado, adormeci.

— Então, é isso que você quer dizer em cuidar da cabeça das pessoas — disse, baixinho, antes de fechar o único olho ainda aberto.

— Da cabeça e do coração, meu *treloso* — respondeu Bárbara, curvando-se para um beijo de boa noite.

Acordei de uma noite de sonhos intranquilos sozinho no quarto, com a roupa ensopada de suor. A primeira reação foi me levantar apressadamente para ir ao trabalho, mas o gesto brusco fez a cabeça latejar, e a dor forte lembrou-me de que teria o dia livre para me recuperar do acidente. E também para mergulhar nos segredos do baú.

Venci a ansiedade de começar imediatamente a exploração e ainda tomei o pequeno-almoço na cozinha deserta da República dos Anjos. Ensaie repetir a aplicação da compressa no rosto, mas desisti ao perceber que os colegas usaram todo o gelo no frigorífico e, como de costume, não se dignaram a encher os cuvetes.

De volta ao quarto, recuperei o baú escondido sob a cama e retirei os itens, um a um. Destampei novamente o cilindro com o *Charlie* sublinhado por um número de telefone no adesivo colado nele e examinei mais uma vez os negativos. Será que o tal *Charlie* saberia o conteúdo das fotografias ou teria de revelar o filme para saber?

Deitei o baú com o rolo de filme sobre a cama e abri o envelope pardo, retirando o pequeno calhamaço do seu interior. Como suspeitava, eram cartas, dezenas delas, escritas na mesma caligrafia, aparentemente feminina, as palavras desenhadas em forma cursiva, inclinadas para a direita.

Como não estavam datadas, decidi seguir a sequência em que foram guardadas pelo destinatário, suspeitando ser a ordem de recebimento. Fiava-me também na experiência de leitor de romances policiais para reorganizar alguma informação truncada. Comecei a leitura, e as suspeitas de terem sido escritas por uma mulher logo se comprovaram.

No início, as cartas pareciam a literatura de qualidade duvidosa que a minha avó lia, destinada a entediadas donas de casa, relatos de uma prosaica gestão doméstica, em levar e trazer um filho à escola, uma virose que acometeu a ambos, a necessidade do reparo do esquentador, pois o inverno estava a chegar, e trivialidades do género.

Só depois, quando o Marlowe na minha ainda dorida cabeça começou a juntar as pistas contidas nas cartas, percebi que a banalidade da narrativa tinha um propósito, o de informar ao destinatário que a vida seguia o mesmo ritmo naquela casa, apesar da ausência dele. Que poderia ficar tranquilo e não se preocupar com ela e o filho.

A partir daí, o texto ficou bem mais interessante. Numa sequência de cartas, a mulher revelava a saudade do destinatário. Primeiro, de maneira mais romântica, a mencionar a necessidade dos beijos e abraços deles. Depois, carregada de erotismo, da falta do peso do corpo dele sobre o dela, de ser penetrada com força, de dormir e despertar nus.

Ainda lia a tudo como a um conto epistolar, sem me preocupar sobre a identidade da mulher do destinatário das cartas, talvez um casal que se correspondia a distância, ele a trabalhar temporariamente em Lisboa, ela a esperá-lo em algum rincão de Portugal, até que a última sequência de correspondências levou-me aonde não esperava.

Em determinado momento, a mulher começava a querer saber mais sobre o destinatário, detalhes da vida dele. E foi aí que uma frase mudou os rumos da leitura: *...e então, meu amor, não pensa mesmo em voltar ao trabalho...*, escreveu, para depois ser mais específica em sua dúvida: *...em nunca mais voltar* à *livraria?*

Voltar à *livraria?* Não podia ser! Que livraria? A minha livraria? Era muita coincidência, e os detetives particulares dos livros *noir* detestavam coincidências. As coincidências eram sempre um sinal de mau agouro. Reli outras vezes a curta frase, como um historiador a tentar decifrar algo escrito numa língua morta, em latim, em sânscrito.

Havia rumores de o Mau Selvagem ter vivido na República dos Anjos, todos os brasileiros já tinham ouvido falar na história, embora nenhum dos atuais vizinhos tivesse convivido ou nem mesmo esbarrado com ele por lá. Era como se o Mau Selvagem fosse um fantasma, uma entidade a mover-se pelas sombras.

As cartas em minhas mãos poderiam ser a prova irrefutável da passagem dele pela República dos Anjos e, por extensão, da sua existência, uma hipótese para mim até então etérea, quase mitológica. Mas agora não, agora havia uma possibilidade concreta de o Mau Selvagem ser real, palpável como as cartas que eu apertava entre os dedos.

Para ter certeza da correlação das correspondências com o Mau Selvagem, precisava confrontar o teor das cartas com quem o conhecesse bem, e não havia dúvidas de o Velho ser a pessoa ideal. E foi isso que fiz no dia seguinte, na livraria, pouco antes de o Serjão tentar envenenar-me sobre o risco de o *Matuza* dar cabo da minha sanidade.

Mas disso falo depois.

Para já, as correspondências voltavam a rondar a vida doméstica, de como o filho ia bem na escola, *sem os problemas com os outros meninos*, segundo ela, graças à solução que o destinatário, para mim desde então o Mau Selvagem, tomou. Fiquei a ruminar sobre o que ele teria feito para resolver o que parecia ser um caso de *bullying*.

Dúvida que seria parcialmente desatada um pouco adiante na mesma carta, pelo menos de forma indireta: *É impressionante como sem a farda da livraria, nenhum dos pais te reconheceu. Você sempre falava em como as fardas apagavam as pessoas, e eu nunca havia levado a sério mais essa tua teoria maluca*, escreveu a mulher.

Nenhum dos pais te reconheceu. A princípio, a citação soava vaga e intrigante. Mas o Marlowe na minha cabeça começou a juntar as peças sobre o que havia ouvido a respeito das maldades do Mau Selvagem, e a *teoria maluca* de as *fardas apagarem as pessoas* começou a fazer algum sentido.

A farda, uma ferramenta de padronização, impessoal, ocultando as características dos funcionários que a vestem, formando uma massa opaca e indissociável. Quem nunca alguma vez hesitou em reconhecer uma pessoa com quem costumava falar todos os dias, um médico, um polícia, quando o encontrava sem a farda de costume?

A mitologia em torno do Mau Selvagem mencionava acertos de contas com os clientes que, muitas vezes sem a mínima razão, destravam a ele ou a outro brasileiro da livraria, humilhando-os em público e no seu local de trabalho, clientes descontrolados, de olhar rútilo, espumando pela boca, o dedo em riste, a voz acima do tom civilizado.

Os mesmos clientes que um dia teriam a desfortuna de cruzar o caminho do Mau Selvagem na rua e não o reconhecerem sem o colete preto de livreiro, uma peça de vestuário de corte simples, mas ainda assim uma farda com o condão de camuflar quem a usa, como os óculos que mantêm segura a identidade do *Superhomem*.

As mesmas histórias ecoadas nas estantes como parábolas mencionavam um cano de ferro que o Mau Selvagem levaria oculto na barra da calça, uma espada, a *Excalibur* dos imigrantes brasileiros humilhados, usado para açoitar os clientes, o Mau Selvagem acertando-lhes a parte de trás das pernas só para os ver caírem de joelhos, penitentes.

Clientes que um dia retornavam à livraria com ataduras no nariz, coletes de proteção da coluna, desfalcados de um dente, o braço ou a perna imobilizados, a caminhar com o auxílio de uma bengala, de muletas ou de cadeira de rodas. Clientes que seriam atendidos pelo seu agressor sem o reconhecer, camuflado, a identidade preservada pelo colete preto.

Clientes que retornavam também ligeiramente diferentes. Os livreiros comparavam a sova impingida pela *Excalibur* ao martelo de carne de um açougueiro, amaciando os clientes que, antes arrogantes, agora coxeavam por entre os livros como cordeirinhos, a boca cheia de *com licença*, *se faz favor* e *muito obrigado,* a mesma boca que um dia vomitou impropérios.

O Mau Selvagem nada comentava a respeito nem fazia questão de assumir o crédito pela radical transmutação dos clientes de vinagre para vinho. Apenas sorria de soslaio, quando a vítima pisava na livraria manquitolando e ouvia um dos funcionários cutucar o outro com o cotovelo.

— Esse aí, o *Mau* deu um jeito, aposto — dizia o primeiro.

— Pois deu mesmo, *tá* mansinho, mansinho — concordava o segundo.

Escutava as histórias propagadas pelos livreiros com desconfiança. Soavam fabulosas, mas mesmo assim tomava notas de todas para o meu livro. Apesar de um certo distanciamento, mantinha-me aberto à possibilidade de serem verdadeiras, pois, ao contrário da ficção, a realidade não parece preocupada em ser verossímil.

Verossímil ou não, o Mau Selvagem poderia ter feito uso da *Excalibur* oculta na barra da calça com os pais dos alunos que perseguiam o filho na escola. Pais que reconheciam o livreiro metido num colete preto, não o desconhecido possesso envergando um cano de ferro como uma espada. *Nenhum dos pais te reconheceu.* O Mau Selvagem era foda.

Apesar de exaurido pela noite mal dormida e de a dor de cabeça não dar tréguas, segui a leitura madrugada adentro, deitado na cama, a ler apenas com um dos olhos. As últimas cartas carregavam um ar mais sombrio. A mulher parecia preocupada e triste. Numa delas, mencionava a *visita da polícia,* batendo na porta da casa dela à procura dele.

Era novidade para mim o Mau Selvagem na mira da polícia, um pormenor nunca mencionado entre os livreiros. Senti uma vaidade em saber algo que os outros não sabiam. Um dia, no decorrer da investigação, saberia o motivo do interesse da polícia no meu personagem.

Mas disso eu falo depois.

Na mesma carta, a mulher fazia questão de tranquilizar o Mau Selvagem. Não, nada disse aos bófias sobre o marido, não, não precisava se preocupar, pois queimou as cartas, como combinado. A polícia ainda tentou com o miúdo, mas o filho não sabia de nada e apenas chorou ao ouvir falar do pai. Não, não saberiam onde estava escondido.

A derradeira correspondência era a mais curta. A mulher confirmava a presença num encontro com o Mau Selvagem, no sítio e horário sugeridos por ele. Deixaria o filho na vizinha e, claro, teria cuidado para não ser seguida. Um detalhe, porém, chamou a atenção do Marlowe em mim: era a única carta a não terminar como as outras.

A única a não terminar com um *para sempre tua*, seguido de *Eu te amo*.

6

Entre os livros de filosofia, o Velho analisava as cartas encontradas no baú oculto no meu quarto na República dos Anjos. Passeava as folhas amarrotadas por entre os dedos magros e tortos. Parecia diferente, ligeiramente menos encurvado e mais disposto, como se o contato com as relíquias do antigo discípulo tivessem o condão de o rejuvenescer.

Não era mais o pesado e lento espadarte da pescaria inicial, submergindo em direção às escuras profundezas do oceano. Estava mais corado, a pele levemente encarnada a lembrar um lépido salmão, vigorosamente a nadar montanha acima, vencendo sem esforços a correnteza contrária.

O Velho também já me olhava diretamente nos olhos, as pupilas pequenas e negras a perscrutar o livreiro diante dele. Quem sabe, considerava a hipótese de me posicionar melhor no seu *ranking* entre os demais funcionários da livraria, dois ou três postos em direção ao topo, onde ainda reinava, inatingível, o Mau Selvagem.

— Há grandes hipóteses de ser ele, sim — atestou o Velho. — Mas, para ter certeza, é preciso saber o que há aqui dentro — completou, agora girando o cilindro de plástico com os negativos nos dedos magros e tortos.

— Posso revelá-los ainda hoje — disse, ansioso pela confirmação.

— Tenha calma — advertiu, impaciente com a minha ansiedade. — Tenha calma, se é o que estou a pensar, é melhor procurar o *Charlie* primeiro.

— Mas, então, sabes quem é o *Charlie*? — insisti, para ouvir como resposta uma variação de um diálogo platônico.

— A questão correta não é *quem* é o *Charlie*, mas *o que* é o *Charlie*.

Platônico ou não, o diálogo com o Velho foi subitamente interrompido pela chegada do gerente à seção de filosofia. Como de costume, não tinha a cara de muitos amigos, o cenho fechado, a respiração ofegante, o suor a porejar na luzidia calvície.

Ficamos o Velho e eu a observar, hipnotizados, a cabeça suada do patrão.

— Já pedi para diminuir a calefação — adiantou o gerente, diante do olhar fixo da seleta assistência na seção de filosofia em direção à ensopada calvície.

— Ó, Serjão!— berrou o gerente para o carioca, que passava ao lado equilibrando uma pilha de livros. — Pode verificar, se faz favor, se diminuíram a calefação? — solicitou, sublinhando a sua autoridade.

Em seguida, o gerente sacou um lenço do bolso e enxugou a calvície reluzente. Alopecia nervosa, lembrei o diagnóstico de Cláudia, a dermatologista da seção de poesia. Alheio às minhas conjeturas, o patrão virou-se para o Velho, abrindo um falso cordial sorriso, os lábios espremidos, sem exibir os dentes.

— Dá-nos licença?

O Velho, sempre em silêncio, desapareceu pelas estantes, sugado por entre as frestas dos livros, etéreo e fantasmagórico. O gerente, então, virou-se para mim.

— O senhor está melhor do seu olho? — perguntou, aparentemente interessado em meu estado de saúde. Logo saberia, porém, não se tratar disso.

— Estou melhor, obrigado. Ainda não consigo enxergar bem e... — comecei a responder, antes de ser bruscamente interrompido.

— Pois sim, folgo em saber — cortou-me o gerente, levando novamente o lenço à testa empapada. — Mas, mesmo sem ainda enxergar muito bem, veja lá, se faz favor de, na próxima vez, não esquecer de avisar que vai faltar, percebe? Há aqui uma hierarquia, e não tolero ser pego de surpresa nem saber dos meus funcionários por terceiros, percebe?

Estava claro que a conversa iria derivar para um monólogo. O gerente não tinha o mínimo interesse nos meus argumentos. Diplomaticamente, tentei contornar a situação.

— Eu sei, percebo, o senhor está com a razão, mas foi um acidente. Eu estava...

— Claro que estou com a razão — interrompeu-me mais uma vez, rispidamente. — E perdoe-me o senhor, mas não me parece ter sido um acidente, parece-me até que poderia ter sido evitado. Ouvi, inclusive, falar numa festa, numa bebedeira — continuou, a mão fechada a segurar um copo imaginário, levado repetidamente à boca a emular alguém a beber em demasia.

— Não foi bem assim, estava a entrar no quarto e...

— Sendo assim ou não sendo assim, meu senhor — continuou, impaciente. — Lembre-se que a posição de livreiro requer uma aparência minimamente apresentável, percebe?

— Mas foi um acidente...

— E o senhor há de convir — seguiu, sem me ouvir, aumentando ligeiramente a voz para sobrepor à minha. — O senhor há de convir que esse olho negro está mais para um marujo bêbado que andou a trocar murros numa tasca do que para um livreiro, percebe?

Um fio de saliva condensou-se num dos cantos dos lábios do gerente e formou uma consistente e repugnante espuma branca, prontamente varrida pelo mesmo lenço usado para secar a empada calvície. Não me restava nada mais, a não ser ouvi-lo cumprir o sermão redigido especialmente para o ato.

Ali, ante o olhar severo das dezenas de rostos nas capas dos livros na seção de filosofia, o gerente encarnava o típico jesuíta do complexo diagnosticado pela psicóloga baiana, a pregar do alto de um púlpito imaginário para o selvagem de olho negro, tentando salvar a alma daquele pobre pagão do inferno da desobediência servil.

Havia um ar de reprovação entre os clássicos.

Platão, Aristóteles e Epicuro ruborizaram. Sócrates, então, nem se fala, horrorizado com a ousadia do gerente em evocar um sermão religioso, trazer o Céu e o Inferno para uma arena laica, principalmente diante dele, que viu Jesus, na avaliação do grego um filósofo até razoável, nascer e ter seus ensinamentos corrompidos pelos homens após a sua morte.

Kant, Hegel e Descarte não ficaram atrás. Nietzsche ainda tentou gritar o famoso aforismo *Deus está morto!*, mas numa edição de capa dura é sempre mais complicado. Nem Santo Agostinho, paramentado de mitra e tudo, a cabeça apoiada nas mãos, o indicador na têmpora e o polegar no queixo, parecia concordar com tamanha heresia.

O gerente poderia ter razão em sua queixa, embora não tivesse. Houve um acidente, e foi-me impossível avisá-lo a tempo. Mas, repito, mesmo que estivesse coberto de razão, bastava dar o recado, fazer valer a autoridade, lembrar-me do regulamento o qual não havia esquecido ou desrespeitado. Mas não, era preciso pregar, a catequese era de lei.

Engoli a seco, e as palavras silenciadas desceram ao estômago, queimando a garganta. Senti a barriga revolver-se, e um jorro escalou o esôfago no sentido contrário, abrasivo e acrimonioso, até a boca. Enquanto ouvia a pregação do gerente, percorri o palato com a língua, numa criteriosa expedição de reconhecimento ao sabor da golfada.

E logo percebi: a golfada sabia a ira.

Já não mais ouvia o gerente, apenas via a boca dele abrir e fechar, como se faltasse alguém para dobrá-lo. Vez ou outra, um fragmento perdido do solilóquio lograva alcançar os meus ouvidos, e, apesar da cacofonia reinante, percebia o contexto daquele sermão, construído como um laborioso mosaico, peça a peça.

— ...não vou tolerar, percebe?

Antes, numa situação semelhante, ouviria a pregação cabisbaixo, zeloso em manter o emprego, o parco salário e, principalmente o contrato, a assinatura do patrão numa folha de papel selada com um carimbo, sempre o carimbo. O contrato, uma nova carta de alforria, concedendo ao bom selvagem o privilégio de circular entre os civilizados.

— ...é a última vez, percebe?

Fui tomado pelo irreprimível desejo de pôr um ponto final naquele sermão desmedido. Fechei os olhos e, no filme a passar no ecrã das minhas pálpebras, acertava um potente murro na boca do gerente. O meu punho partindo os dentes por trás do sorriso falso, o pulso a entrar-lhe goela adentro, até a metade do meu antebraço.

— ...há muitos interessados neste trabalho, percebe?

A catequese parecia não ter fim. Voltei a encarar o gerente, que seguia a falar sem parar, um repulsivo boneco de ventríloquo. O olho tapado pelo hematoma facilitaria tudo, pois já o tinha em mira. O fervilhante caldo da ira revirava-me as entranhas, o turbulento ventre de um vulcão. Estava prestes a entrar em erupção e finalmente explodir.

— ...percebe?

Sorri, e foi a vez de o gerente silenciar. O jesuíta de fato e gravata parecia confuso do selvagem a rir da sua pregação. A reação deixou-o não só sem palavras, mas sem resposta. Engatilhei o soco. Cerrei o punho tão forte que as unhas cravaram a palma da mão, marcando-me a carne. Senti naquela dor, em qualquer dor, uma forma de prazer.

Iria ser lindo deformar aquela cara de cu, pensei.

Os filósofos na capa dos livros pareciam ansiosos pelo desfecho do patético espetáculo. Um arrepio varreu Sócrates, lembrando-o das sessões de luta greco-romana com os jovens atenienses, disputadas na Ágora e sem roupas. Epicuro desde sempre sabia que uma vida em excesso findaria nisto, enquanto Santo Agostinho preferiu fechar os olhos.

Foi aí que ouvi a doce voz de Bárbara irromper ao lado. Doce e apaziguadora:

— Com licença, senhor, desculpe atrapalhar.

O gerente olhou para a baiana como se testemunhasse a insólita aparição de um anjo. Mal desconfiava que era justamente isso, Bárbara, o anjo da guarda que havia acabado de lhe poupar meia dúzia de dentes partidos, o nariz fraturado e um rosto desfigurado. Rapidamente, esqueceu-se de mim para dar atenção à funcionária.

— Diga, querida — respondeu, solícito.

— A cafetaria está um caos, e preciso de uma mão — avisou Bárbara, apontando com o polegar sobre o ombro, em direção ao balcão no fundo da livraria.

O gerente virou-se novamente para mim. O jesuíta parecia satisfeito em dar por encerrada a catequese.

— Bem, o senhor e eu estamos conversados, portanto, vá lá agora ter com ela — ordenou, enxugando mais uma vez a calvície besuntada de suor, reorientando em seguida as suas prioridades:

— Ó, Serjão! E então, como anda essa calefação?

Nas estantes da seção de filosofia, havia um sentimento misto entre os filósofos pelo frustrado desenlace da contenda. Nietzsche e Kant balançaram a cabeça em desaprovação, Santo Agostinho, por sua vez, fez o sinal da cruz. Relaxei o pulso, desarmando o soco, com as marcas das unhas visíveis, tatuadas na palma da minha mão.

Bárbara aproveitou a deixa para me puxar pelo pulso e tirar-me dali antes que o gerente mudasse de ideia. Arrastado pela livraria, ainda tive tempo de ver o Velho plasmar-se por entre os livros e, como um maroto adolescente, piscar um dos enrugados olhos de pupilas negras e opacas em minha direção.

— E então, que merda foi aquela? — quis saber Bárbara.

— Nem me fale, o patrão hoje me alugou — respondi, recuperando subitamente a serenidade, ainda ofegante, como quem desperta de um pesadelo. — Um sermão daqueles sem razão...

— Patrão é patrão, meu *nêgo*, ainda mais patrão português. Agora, deixa eu dar uma olhadela neste olho — disse a baiana, segurando o meu rosto com as duas mãos, avaliando o corte suturado e a mancha escura. — Ainda *tá* feio pra caralho.

Não havia o caos anunciado por Bárbara na cafetaria, confirmando que a providencial intervenção do anjo da guarda fora para evitar o pior, se não para mim, para o gerente ou para ambos. Levei um tempo entre as chávenas e a pequena cozinha, preparando sandes e saladas, a fim de honrar o disfarce e não levantar nenhuma suspeita.

Enquanto metia fatias de queijo e presunto no pão e organizava folhas de alface no prato, fiquei a pensar sobre o que havia acontecido comigo minutos atrás, na forma como por pouco não perdi o controle e bati no gerente. Olhei novamente as marcas deixadas pelas minhas unhas na palma da mão ao cerrar o punho para o soco.

Não era do tipo agressivo, nunca fui. Não briguei na escola ou na rua. Sempre fui mais cerebral, criando estratégias para driblar os problemas. Para ser sincero, pendia mais para a diplomacia, para não dizer covardia, muitas vezes incapaz de expor o meu ponto de vista, quanto mais em resolver uma questão com os próprios punhos.

Ao temperar a salada, um pouco do vinagre escorreu e fez arder as marcas das unhas na palma da mão. O recente acesso de ira talvez fosse motivado pela pancada no olho. O médico falou em traumas dessa ordem provocarem reações estranhas. É, talvez fosse isso, somado às noites mal dormidas e à incessante dor de cabeça.

Girei a torneira, e a água da pia lavou o vinagre das mãos e as preocupações sobre a repentina mudança de temperamento. Pensamentos que desapareceram por completo quando Bárbara entrou na minúscula cozinha da cafetaria e beijou-me na boca. Depois, um novo beijo, agora na testa, sobre o corte e o olho negro.

Meia hora depois e já estava entre os livros policiais, reorganizando uma fileira de autores nórdicos, na minha opinião uma literatura menor do género, fria como os dias na Escandinávia, excessivamente sádica, a produzir páginas de vítimas sodomizadas, torturas descritas em detalhes não em benefício do enredo, mas por puro prazer.

Pensava nisso quando, então, ela surgiu.

Surgiu a flanar pelas estantes, fitando os livros sem revelar um interesse específico. Flutuava em câmera lenta, demorando-se alguns segundos em cada volume, como se pudesse ler-lhes o conteúdo através das capas. Era loira, estatura mediana, a pele alva, a boca levemente rosada, como o vestido justo ao corpo a revelar-lhe a silhueta.

Uma fiel representação das loiras fatais *do noir*.

Mulheres belas, de olhar triste e ar dissimulado, eternizadas por Chandler e Hammett. Mulheres de passado misterioso e futuro incerto, esposas abandonadas ou inconsoláveis viúvas cujos corpos dos maridos jaziam em longínquas trincheiras, ou ainda as desoladas herdeiras das fortunas dilapidadas pelo *crack* da bolsa nos Estados Unidos.

Mulheres desesperadas, portanto, sem dinheiro e um homem por perto, o que, na patriarcal sociedade dos anos vinte e trinta do século passado, era sinônimo de dias difíceis. Personagens que, para dar a volta por cima, só podiam contar com a sua beleza, inteligência, astúcia, coragem e uma arma de pequeno calibre escondida na bolsa.

As loiras fatais eram a segunda geração de personagens femininas na literatura policial. Na origem do género, no século dezanove, com Holmes e Dupin, as mulheres cumpriam o papel de vítimas, violentadas e degoladas por maníacos num lúgubre beco de Londres ou por atrações circenses em um quarto parisiense misteriosamente trancado por dentro.

As mulheres do *noir* poderiam até ser vítimas da sociedade dos anos vinte, mas nunca a vítima dos romances policiais. As loiras fatais inauguraram a tradição de beldades de coração partido e sangue-frio, a vingarem-se de uma vida de agruras derramando nas páginas e ecrãs o sangue dos responsáveis pelo seu desamparo e sofrimento: os homens.

Com a literatura policial sempre a seguir os passos das mudanças da sociedade, o crescente protagonismo feminino das últimas décadas reposicionou as mulheres também nos romances policiais, não mais a encenarem o papel de vítima ou culpada, ocupando agora a posição de principal relevância numa narrativa policial, a de detetive.

— *Bora* fechar essa boca aí, *Pirata* — disse o Serjão, flagrando a forma indiscreta como acompanhava cada passo da loira fatal na livraria. — A gata tem dono, *Pirata*, ou melhor, tinha, sei lá, e tu nem imagina quem era.

— Quem? — perguntei, tentando disfarçar o embaraço por ter sido flagrado.

— O *Mau Mau, Pirata,* quem pilotou esse avião aí foi o *Mau Mau*...

— O Mau Selvagem?

— *Elezinho* da Silva.

— E o Mau Selvagem está vivo?

— Vivo ele sempre foi. Muito vivo, por sinal. Agora, se anda por aí a respirar é uma outra história. Há quem diga que a belezinha aí, com essa cara de santa, deu cabo do *Mau,* mesmo com aquela banca toda dele.

— Ela matou o marido, é isso?

— É o que dizem, é o que dizem...

— E por que ela faria isso?

— O *Mau* era gente boa, encarava os *tugas* todos, mas não era um santo. Era um cara complicado, cheio de nove horas. Devia ser um chato do caralho em casa.

— Mas ser um chato não é motivo para se matar ninguém.

— Vai-se lá saber, cada um sabe onde o calo dói.

A mulher do Mau Selvagem cumpriu o *tour* completo pela livraria, cruzando todas as estantes de todas as seções, inclusive os policiais, quando foi possível sentir o perfume dela, ao mesmo tempo doce e ácido. No fim, aproximou-se do gerente e dirigiu-lhe algumas palavras, obtendo como resposta um negativo balançar de cabeça do patrão.

— Sempre é assim, passa um tempo sem aparecer, depois aparece, anda, anda e no final vai falar com o gerente — explicou o Serjão.

— Falar o quê?

— Não sei muito bem, parece que anda à procura de algo que o *Mau* perdeu.

— Perdeu aqui na livraria?

— Perdeu ou escondeu.

— Perdeu ou escondeu o quê?

— Parece que foi uma chave.

— Uma chave?

— Pois é, uma chave. Já pensou? Essa treta toda por causa de uma chave? Só se fosse para abrir o cinto de castidade dela, aí sim, faria sentido — disse o Serjão, sempre sarcástico, antes de atender um cliente que sinalizava da seção de literatura estrangeira.

Permaneci em silêncio, observando a loira fatal desvanecer por entre as estantes, o perfume agridoce a incensar a livraria, impregnando os livros, colando a pele, um aroma intenso, ao mesmo tempo suave e feroz. Fiquei a pensar, se a vida e a morte tivessem um cheiro, seria assim, suave e feroz.

A vida e a morte teriam o perfume da mulher do Mau Selvagem.

7

O mês de dezembro era de caos na livraria. As compras de Natal impunham um ritmo frenético de trabalho, de horas extraordinárias, folgas suspensas, tardes a fio em pé atrás de um balcão a embalar os livros para presentes e filas de clientes cujo espírito natalino passava a quilómetros de distância, o humor pior do que o de costume.

Um desses clientes protagonizou dois momentos de constrangimento comigo. O primeiro deles, justamente na fila de espera para ter o livro embalado para presente. Estreava-me no Natal na livraria e não estava habituado à operação, às dobras do papel colorido, ao corte preciso da fita-cola, ao devido acabamento do embrulho.

Ao contrário dos outros livreiros, que embalavam os livros de olhos fechados e num instante, demorava-me na operação, baralhando-me com as dobras, rasgando o papel de embrulho com a fita-cola, enfim, um desastre atrás do balcão, o que fazia a maioria dos clientes suspirarem impacientes, arrancando olhares de desaprovação do gerente.

Esse cliente específico, porém, um cliente que depois saberia ser o irmão de um renomado escritor português, foi mais além do suspiro de impaciência. Transtornado com a minha inabilidade e demora nos embrulhos, subitamente ultrapassou as três pessoas à frente dele na fila e rispidamente atirou duas notas de dez euros no balcão.

— *Tá* pago! — disse, dirigindo-se à saída da livraria com o livro embaixo do braço.

Para além da grosseria, não era esse o procedimento correto. Antes de um livro sair da livraria, era preciso dar baixa no sistema informático, registar o código de barra com o leitor infravermelho e, mais importante ainda, retirar o adesivo de alarme antifurto. Para desespero dos clientes na fila, deixei o balcão e parti atrás dele.

— Senhor, senhor, por favor, o senhor não pode sair da livraria com o livro sem dar baixa no caixa, senão... — tentei alertar, caminhando apressado ao encontro dele, estirando as duas notas de dez euros atiradas sobre o balcão.

Era tarde demais. Ao passar pela porta da livraria, um estridente alarme tocou, e o cliente, constrangido como se tivesse sido pego em flagrante num furto, fez o caminho de volta, ainda mais enfurecido. Esticou-me o livro com uma mão e, com a outra, puxou com toda força as duas notas, antes de desaparecer pela porta.

Arrastei-me de volta para o balcão cabisbaixo, os ombros encurvados, frustrado e derrotado, cada perna a pesar cem quilos, os lentos passos acompanhados pelo olhar de profunda irritação dos clientes na fila, à espera de ter os livros embrulhados. Por trás de uma estante, ainda vi o gerente balançando negativamente a reluzente cabeça calva.

O gerente, que desde a última conversa na qual sem saber escapara por um fio de um soco no meio do nariz, tratava-me de forma diferente dos demais, sem quase me dirigir a palavra. O meu contrato de trabalho caminhava para o fim do termo de um ano, e já não tinha dúvidas de que logo após o Natal ele entraria com o pé e e eu com a bunda, a caminho do desemprego.

Nem o Serjão parecia capaz de me ajudar com a branquela azeda do RH.

— *Tá* difícil a tua situação, *Pirata, tá* difícil pra caralho... — reconhecia o Serjão, o maior especialista de Lisboa no ponto G da branquela azeda. E, se o Einstein em arrancar orgasmos múltiplos da chefe do RH dizia que estava difícil, é porque estava.

E, se estava difícil, piorou ainda mais quando o mesmo cliente retornou à livraria uns dias depois para levar o livro que deixou para trás durante o momento de fúria na fila do embrulho. Dessa vez, parecia mais relaxado, na companhia de uma mulher. Como uma criança entretida com um brinquedo, manuseava um cone de gelado nas mãos.

Esse era o problema: o regulamento não permitia que se entrasse na livraria portando comida, ainda mais um sorvete a derreter ante a calefação desregulada, as pingas de baunilha a escorrer pelo cone, gotejando no carpete da loja. Alguém precisava avisá-lo das normas da casa. Olhei para o lado, e todos os livreiros pareciam ter se desintegrado.

Vaidoso e sorridente, o cliente discorria em voz alta sobre uma banalidade qualquer, observado pela mulher. Girava as mãos, o cone uma metralhadora a disparar gelado de baunilha pela livraria. Uma das gotas voou meio metro e por um milagre não maculou a capa de um dos destaques do mês. Respirei fundo e parti para o sacrifício.

— Senhor, com licença — disse, com as mãos cruzadas por trás das costas, em sinal de reverência. Se houvesse um genuflexório na livraria, era capaz de ajoelhar-me para evitar o pior. Mas o pior parecia fadado a acontecer.

Alertado pela companhia feminina, o cliente, até então concentrado em sua dissertação, voltou-se em minha direção. Levou preciosos segundos para as sinapses dele reconhecerem o livreiro que noutro dia o perseguira pela loja. *E agora?*, deveria estar a se perguntar a si mesmo, avaliando se já não bastava o último constrangimento.

Não, não bastava. Olhei fixamente para o cone a derreter em suas mãos. O cliente também olhou para o gelado. Parecia só agora dar-se conta de que o trazia consigo. Com a única parte do guardanapo ainda seca, raspou uma gota de baunilha que escorria rápida e ameaçadoramente em direção ao chão.

— O gelado? — adivinhou o cliente. — Mas o que tem o gelado?

— Infelizmente, senhor, não é permitido trazer alimentos para dentro da loja — respondi, educadamente. Não foi o suficiente, nunca seria.

— Escusava-me passar por essa vergonha se houvesse um aviso — retrucou, começando a levantar a voz. A mulher que o acompanhava tentou intervir, mas o cliente travou-a com um gesto de mão.

Um silêncio instalou-se na livraria, e foi possível ouvir o ruído de mais uma gota de baunilha estilhaçar-se no carpete.

— Há um aviso na entrada da loja, senhor — reforcei.

O cliente, então, voltou à entrada da livraria e avistou o

pequeno aviso na montra. Em vez de se livrar do cone, continuou a sorver a baunilha, com sofreguidão. O maldito gelado era agora uma questão de honra. Foi aí que avistou um outro cartaz fixado no vidro, informando ser a loja *animal friendly* e que a presença de animais era bem-vinda.

Foi a gota d'água.

— Quer dizer que um cliente com um gelado — berrou já de fora da loja — vale menos que um cão?

Fingi não ouvir a provocação e virei as costas para me enfiar na seção policial, afinal, o objetivo de tirar o gelado de baunilha da livraria foi atingido. O cliente, porém, já havia acionado o modo *Complexo de Jesuí*ta e falava consigo mesmo em voz alta na porta da loja, para o olhar assustado de quem caminhava pelo passeio.

Não satisfeito e, talvez irritado por ter lhe virado as costas, começou a berrar da rua:

— Ei, venha cá! Eu disse venha cá!

Segui fingindo não o ouvir, mas eis que surge o gerente do meio do nada.

— O cliente está a chamar — sussurrou, entre os dentes, indicando com a cabeça calva e lustrosa para a entrada da loja: — Vá lá!

Dei meia-volta e caminhei para a entrada da livraria como quem segue para um cadafalso. Já sentia o bico do sapato do gerente a acertar em cheio no meu cu. Na rua, o cliente esperava-me com ar vitorioso, agitando os braços, a falar consigo mesmo em voz alta, um febril jesuíta em plena catequese.

— Pois, não, senhor — disse, tão baixo que não sei como me ouviu.

— Perguntei ao senhor se nesta loja um cão vale mais do que um cliente — quis saber, dando a última dentada no cone da discórdia, os lábios sublinhados pela baunilha derretida, a textura espessa do gelado a conferir-lhe o aspeto de espumar pela boca.

Havia várias maneiras de reagir à provocação e safar-me de um problema, a mais prudente delas a de negar o silogismo primário do cliente e dizer *não, claro que não, o cliente é sempre o mais importante e tal...*, ou ainda, em última instância, fingir não ter compreendido a questão, abrir um sorriso falso e nada responder.

Mas essa era a minha primeira abordagem agressiva na livraria, e não tinha experiência em lidar com a situação. Sentia-me seguro, protegido, na seção policial, onde os leitores do gênero transitavam quase sempre em silêncio, usando sabe-se lá se os atributos de detetive privado, para investigarem o livro desejado sem recorrer a ajuda.

Sim, poderia ter evitado o pior, mas o pior estava fadado a acontecer. Tomado por uma força estranha e incontrolável, provocada talvez pelo cansaço da rotina extenuante dos últimos dias, talvez pela dor de cabeça que me atormentava desde a queda no quarto ou ainda por algo que só compreenderia depois, preferi a pior de todas elas, a do confronto.

Pesou ainda o asqueroso aspeto do cliente, a balbuciar algo agora incompreensível, a viscosa baba de baunilha escorrendo pela boca. Assim como aconteceu no episódio com o gerente, senti o estômago revirar e a golfada da ira romper em direção à boca. Estava na iminência de vomitar, mas o vômito saiu de outra forma:

— Não, senhor, nesta loja um cão não vale mais do que um cliente — respondi.

O cliente parecia aparentemente satisfeito com a resposta, e eu deveria ter parado por aí para evitar o pior, mas o pior desde sempre estava fadado a acontecer.

— A não ser, — continuei — a não ser que o cão seja mais adestrado do que o cliente.

Bem, o resumo da ópera foi que eu não havia notado, mas o cliente desde o início ligou a cámara do telemóvel para registar a minha reação. Sorridente, reproduziu no pequeno ecrã o vídeo onde surgia de cara cínica a insinuar claramente que um cão mais adestrado do que ele seria muito bem-vindo na livraria.

Não havia mais nada a fazer, a não ser me retirar com a maior dignidade que a situação permitia. Caminhei no sentido contrário, ouvindo a gargalhada do jesuíta ecoar no passeio. Cruzei pelo gerente, que dessa vez nada disse, fazendo questão de me ignorar, como se eu não estivesse presente, presente não apenas fisicamente, ali, agora.

Era como se eu já fizesse parte do passado.

Enfiei-me por entre os meus heróis da literatura, maldizendo a minha falta de tato, a minha falta de sorte, sem saber que tanto a minha sorte como o rumo dessa história mudariam a partir daquele dia. Sem desconfiar de que todas as novelas policiais têm o seu ponto de virada, passei o resto do dia a lamber as minhas feridas.

Pouco antes de a loja fechar, deslizei silenciosamente por entre as estantes, a fim de não ser percebido. A essa altura, o vídeo partilhado pelo cliente com o gerente circulava nos telemóveis dos demais livreiros, e já era possível adivinhar o meu destino na livraria. Era um fantasma, um funcionário morto a caminhar entre os vivos.

— Muito bem, muito bem... — sussurrou uma voz atrás de mim, obrigando-me a virar-me. Era o Velho. — O canalha mereceu. E fizeste bem em não se dobrar. Era exatamente o que *ele* faria.

O Velho parecia ainda mais rejuvenescido. As pequenas pupilas nos olhos enrugados, antes negras, agora cintilavam num tom esverdeado. A menção ao Mau Selvagem, em ter feito *exatamente o que ele faria*, levantou um pouco o meu moral. Com passadas mais seguras, cumpri o caminho até a saída da livraria, me sentindo mais seguro.

Foi aí que o meu telemóvel tocou. Atendi.

— *Tô*, fala aqui do *Charlie* — apressou-se em responder a voz do outro lado da linha.

Do *Charlie*!

A rotina intensa de dezembro na livraria quase me fez esquecer, mas há algumas semanas, por insistência do Velho, chamei o número telefónico anotado no adesivo colado no cilindro de plástico com os negativos. Como previra o experiente livreiro, *Charlie* não era *quem*, mas *o que*, um estabelecimento, um talho na Margem Sul.

O que um açougue teria a ver com o rolo de filme dentro do cilindro de plástico encontrado no baú escondido pelo Mau Selvagem embaixo de um taco, só saberia se cruzasse o rio, e foi o que fiz, um dia seguinte ao primeiro telefonema. Ainda antes de a livraria abrir, rumei ao Cais do Sodré, com o rolo de filme e os negativos no bolso da calça.

A maré agitada do início do inverno abanava a estrutura no embarque do Cais do Sodré, o ranger das articulações de ferro do cais a imitar o estridente rugido de uma fera, acompanhado do cheiro acre das águas escuras do rio. Em fila, os passageiros, cabisbaixos, pareciam embarcar numa suicida expedição às entranhas de um leviatã.

O cacilheiro abanava com força, as ondas quebrando na altura das janelas. Não enjoava em barcos, mas venci nauseado a curta viagem até a outra margem. Próximo à ribeira, a neblina dissipou-se, e o antigo farol de Cacilhas, a estrutura de aço em vermelho, um invulgar obelisco a varar o céu escuro, surgiu como um alento.

O *Charlie* ficava em Almada Velha, por entre ruas apertadas e estendais com peças íntimas a secar. Aparentemente, antes fora um bar, a razão do nome inadequado para um talho destacar-se no letreiro luminoso, mantido pelo dono por preguiça, desleixo ou por entender que num talho o que estava escrito no letreiro era o de menos importante.

Cruzei a cortina de ferro típica dos açougues e entrei no ambiente mal iluminado por uma luz azulada, a oscilar de tempos em tempos. Um talho como outro qualquer, os pernis pendurados em ganchos a lembrarem os membros inferiores empalhados de um sátiro, e metros de chouriços enrolados, serpentes sem pele à espreita para dar o bote.

O balcão envidraçado abrigava a miscelânea de costume, peças de peitos de frango e de peru, cortes diversos de carne de vaca e de porco, as vísceras de um boi emparelhadas aos cascos, longas costeletas estiradas como fúnebres teclados de pianos, tristes cadáveres de coelhos e codornizes, os despojos de uma sangrenta batalha campal.

Da escuridão por trás do balcão, subitamente surgiu o talhante metido num avental branco salpicado em vermelho, um homem baixo e corpulento, o cutelo a pender em uma das mãos, a outra calçada na luva urdida em elos de ferro, o açougueiro um cavaleiro medieval sem cavalo, glórias e princesa, o combatente de uma cruzada infinita.

— Bons dias, o que vai ser? — disse, impaciente, enxugando o suor do rosto com a manga do avental. Não havia tempo a perder. Lá dentro, algures na escuridão do talho, esperava-o mais um embate a ser travado.

Pousei o cilindro de plástico sobre o balcão de vidro. O talhante olhou para o pequeno objeto cilíndrico e sorriu, a fraca luz azul do talho a reluzir no incisivo de ouro.

— Entre — disse, virando-me as costas, indicando com o cutelo para que o seguisse.

Cruzamos a escuridão dos fundos do talho, observados por fileiras de gigantes peças de vaca à espera do martírio e acéfalos frangos em cestos. Uma pequena coluna de som ligada por *bluetooth* a um telemóvel tocava o *Turandot* de Puccini, o tenor, comovido, a evocar *Nessun dorma! Nessun dorma!* como desejasse despertar os animais sem vida.

Numa maca de ferro, semelhante à de um morgue, um porco parecia repousar tranquilo, embalado pela ópera, antes de ser esventrado pelo cavaleiro de avental. Num golpe seco e vigoroso, o talhante cravou o cutelo no dorso do porco. O impacto fez o volumoso corpo mexer-se. O animal parecia sorrir, como se a lâmina lhe fizesse cócegas.

Com uma das mãos livre, o talhante descalçou a luva de ferro, deitando-a no tampo de alumínio da maca de ferro, a poucos centímetros do focinho do animal. Do bolso do avental, tirou um molhe de chaves, escolheu uma delas e fez girar na fechadura da porta do que parecia ser uma cámara frigorífica ou, pelo que se veria, já havia sido uma.

O talhante tateou a parede e acendeu uma luz vermelha, intensa, aos poucos desvelando no interior da antiga cámara frigorífica os cordéis com fotografias estendidas de um laboratório improvisado. Num canto da invulgar câmara escura, uma pequena banheira de metal continha os químicos necessários para a revelação dos negativos.

Do lado de fora, na pequena coluna, o tenor ecoava o conhecido refrão do *Turandot* a pleno pulmões, *Ma il mio mistero è chiuso in me.*

— Como podes ver, tenho muito a fazer — disse, indicando as fotos nos cordéis.

Passeei os olhos pelas imagens, um desfile de casais entre beijos no interior de carros ou em mesas de restaurantes, corpos nus a foderem em camas de hotéis de luxo e em espeluncas, uma *dominatrix* a açoitar com um chicote alguém metido num fato sadomasoquista, um homem nos seus setenta anos sodomizado por um travesti

— Vai demorar umas duas *semanitas* ou mais — calculou.

— Sem problema — respondi, enquanto o talhante estendeu-me uma folha de papel onde anotei o meu contato telefónico.

Agora, duas *semanitas* ou mais, recebia o chamado:

— A tua encomenda está pronta — insistiu a voz no telemóvel. — Podes vir buscá-la.

No dia seguinte, antes de ir à livraria, repeti a travessia no Tejo. Ao contrário da vez anterior, fazia bom tempo, e o barco sem abanar singrou o rio. Sem enjoos, vi quando o sol refletiu na superfície avermelhada do farol de Cacilhas. Meia hora depois já estava diante do balcão de vidro do *Charlie*, os cadáveres de dois coelhos a me observarem.

O talhante surgiu da escuridão e logo me reconheceu. Repetiu o gesto com o cutelo, e o segui pelo interior do talho, onde ouvia-se entoar o primeiro ato de *La Traviata* na pequena coluna conectada ao telemóvel. O porco já não ocupava a maca de ferro, agora vazia, à espera da chegada de um novo cadáver para ser dissecado.

O talhante entrou pela porta do laboratório improvisado numa cámara frigorífica e de lá voltou com um envelope pardo nas mãos, entregando-me. Lembrei-me imediatamente da história contada por Cláudia, a dermatologista da seção de poesia, das fotografias comprometedoras, da chantagem do Mau Selvagem ao gerente, da alopecia nervosa.

— Digitalizei as fotos — comentou o talhante, verificando se o pagamento estava correto, exibindo o incisivo dourado. — Enviarei pelo telemóvel. É de borla.

Agradeci com a cabeça, folheando as fotografias retiradas do envelope.

Da coluna, o tenor em *La Traviata* convidava ao brinde no cálice onde a beleza floresce.

8

— Não sei o que tu aprontou, *mermão*, mas que aprontou, aprontou — disse o Serjão, enquanto me ajudava a organizar uns livros do Simenon numa das torres na entrada da livraria. Era fevereiro, mês de aniversário do escritor belga, e a editora que o publicava havia pago uma massa para ter as aventuras do comissário Maigret em destaque na loja.

Toda livraria loteia os espaços nobres, e a nossa não era diferente. As editoras sabiam que para a capa de um livro aparecer em destaque na vitrine, nas torres no centro da loja ou nas estantes, teriam de estar dispostas a pagar. Era isso ou contar com a boa vontade dos leitores em perscrutar as milhares de lombadas enfileiradas para encontrá-lo.

Neste mês, as capas na torre na entrada teriam o perfil de Maigret e do seu indefectível cachimbo. Nutria simpatia pelo comissário de polícia parisiense, ao contrário dos detetives privados do outro lado do Canal da Mancha, um funcionário público, obrigado a lidar com os emaranhados de um investigação e da conhecida burocracia estatal.

Era a literatura policial novamente a sublinhar as diferenças culturais, dessa vez entre o liberalismo inglês, com os inspetores da Scotland Yard retratados como imbecis ante a genialidade dos profissionais liberais Holmes e Poirot, e o

Estado Social francês a apostar em Maigret para comprovar a eficácia do seu sistema de segurança pública.

— Não sei o que tu aprontou, *mermão*, mas que aprontou, aprontou — insistia o Serjão, no papel de detetive, tentando decifrar como conseguira permanecer na livraria após os incidentes com o cliente em dezembro. Nem a branquela azeda do RH sabia explicar a razão de o gerente inesperadamente ter aprovado a renovação do meu contrato.

O Serjão já havia voltado a me chamar de *mermão*, na falta de um olho negro que justificasse a alcunha de *Pirata*. A imensa mancha aos poucos foi se reduzindo até se tornar um pequeno risco negro a sublinhar o olho, e não se via nenhum traço dos pontos suturados no sobrolho. Da queda restava apenas a incessante dor de cabeça.

Permaneci em silêncio. A solução do mistério estava no bolso da minha calça, nas fotografias armazenadas na memória do telemóvel, escaneadas dos negativos guardados num cilindro de plástico no interior do baú enterrado no soalho do meu quarto na República dos Anjos. Um tesouro com a assinatura do Mau Selvagem.

Fotografias que traziam o gerente em pleno exercício do adultério, na companhia da amante, tórridos beijos trocados sob a penumbra das mesas de tascas ordinárias e pouco frequentadas em bairros mais afastados, longe do centro de Lisboa e de olhares indiscretos, mas não distante o suficiente das objetivas do Mau Selvagem.

O Mau Selvagem era mesmo foda, um digno detetive dos romances policiais, o detetive do latim *detegere*, algo como *expor* ou *revelar*, o Mau Selvagem, então, o herdeiro dos *private-*

-*eye* dos anos 20 do século passado nos Estados Unidos, uma profissão cristalizada no grande olho que tudo vê pintado na montra da mítica agência de detetives Pinkerton's.

A Pinkerton's foi a primeira das agências de detetive, onde Dashiell Hammett chegou a trabalhar antes de criar as aventuras de Sam Spade. Hammett, então um detetive como outro qualquer, contratado para fotografar um industrial ou um político em situação constrangedora a fim de que os concorrentes pudessem chantageá-los.

Sempre achei a chantagem dona de uma injustificada má fama. A chantagem era uma arma como outra qualquer, como o dinheiro, o poder, a força física, artifícios valorizados e de boa reputação, usados sem pudor por quem os detêm. Sem dinheiro, sem poder e de constituição tíbia, restava-me apenas apelar para a chantagem. E assim o fiz.

Mas dessa vez não houve misteriosas remessas de envelopes pardos à livraria. Logo ao voltar da visita ao *Charlie*, não demorei em enviar as fotografias diretamente ao telemóvel do gerente. Um aviso sonoro no aparelho denunciou a entrega, seguida de um olhar de incredulidade do patrão diante ao torturante *déjà vu* a surgir no ecrã.

Lívido, o gerente deslizava o dedo freneticamente pelo telemóvel, a conferir foto a foto enviada. Em seguida, olhou para os lados, para ter a certeza de que ninguém mais na livraria estava a ver o mesmo. Durante a exasperante panorâmica, o olhar do patrão cravou no meu e, de alguma forma, percebeu de onde vinha a nova ameaça.

Para não deixar dúvidas, sorri e prestei uma desajeitada continência. O esgar de pânico no rosto do gerente provocou-

-me uma sensação semelhante a um gozo. Das estantes de literatura policial, acenei com o telemóvel na mão. Em seguida, apontei o aparelho na direção dele, como um revólver, e simulei um silencioso disparo com a boca.

Desde então, o gerente seguiu, como vinha a fazer, sem trocar uma única palavra comigo, porém dessa vez eu não era mais um fantasma para ele, o inconveniente funcionário defunto a arrastar suas ruidosas correntes entre os vivos, ou melhor dizendo, era sim um fantasma, uma poderosa assombração a atormentá-lo a partir de agora.

Uma assombração como o antigo proprietário da livraria, que escrevera a última linha da sua atormentada vida com um tiro, a bala na cabeça um incontornável ponto-final, e que agora andava a partir chávenas e pratos, tirando o sossego de quem transformara o seu mausoléu em cafetaria, perturbando-lhe o sono eterno.

O *habeas corpus* herdado do Mau Selvagem garantiu-me dias de paz na livraria, não só a renovação do contrato, como uma escala mais regular, livrando-me das noites de trabalho, para o espanto ainda maior da branquela azeda do RH, que, entre um orgasmo e outro extraído com maestria pelo Serjão, questionava-se o porquê de tamanha benesse.

Bárbara e os demais livreiros brasileiros deram de ombros ao assunto, afinal, a lógica não era a norma na livraria. Já o Velho, bem, o Velho de alguma forma sabia.

Os fins de tarde e as noites livres deixaram-me com alguma folga para tentar escrever o livro que finalmente confirmaria a minha vocação de escritor e concretizaria o sonho de viver apenas da escrita, de entrar numa livraria não para vender os livros dos outros, mas para conferir, orgulhoso, o meu nome estampado na capa deles.

Levei um tempo a escrever e reescrever o primeiro parágrafo, emperrado na frase inicial, *A primeira vez em que ouvi falar do Mau Selvagem foi nos meus primeiros dias na livraria*, incomodado com a repetição de palavras, o *primeira* e *primeiros*, mas, sem encontrar uma solução, resolvi deixar o dilema nas mãos do meu futuro editor.

Para evitar constrangimentos, mudei o nome dos meus colegas livreiros e os seus estados de origem no Brasil. Nem Bárbara escapou das alterações, embora a baiana tenha aprovado a sua versão literária e até contribuído na construção da personagem, enquanto lia, nua e deitada na minha cama, os capítulos que escrevia com regularidade.

Se fui infiel à Bárbara da ficção, alterando-lhe nome, procedência e atributos físicos, mantive-me completamente devoto à personagem de carne e osso, vivendo dias idílicos de inesperada felicidade, de idas ao cinema e aos copos, sempre que o orçamento apertado permitia, e noites de sexo, com a Valquíria morena a calvagar sobre mim.

Para além da paz de espírito e da imunidade ao bico do pé do gerente no meu cu, os primeiros meses do ano marcaram o já esperado regresso dos colegas da livraria ao Brasil. Fernando, o paulista que dividia a seção de literatura estrangeira com o Serjão, deu início aos retornados brasileiros, anunciando a partida no fim de janeiro.

— Voltar para São Paulo, Nando? Olha que o nazista venceu lá — comentara o Serjão.

— Deixa o menino, Serjão. Vai, querido, vai ser feliz — incentivou Bárbara.

Ambos tinham razão em seus argumentos. Salvo os eventuais flertes da capital paulista com gestões mais progressistas, o estado de São Paulo seguia a eleger um nome pior do que outro, um estado conservador e retrógrado. Entre nós, quando alguém dizia estar em *mau estado*, brincávamos, a perguntar se a pessoa estava em São Paulo.

A verdade é que, nos últimos anos, o Rio de Janeiro do Serjão talvez estivesse ainda pior do que o vizinho, com o governo tanto da capital quanto do estado aliados a milícias ligadas ao tráfico de drogas e aos pastores das igrejas pentecostais, uma deprimente equação cujo resultado subtraía esperanças e multiplicava o atraso.

Apesar do cenário nada alentador nas duas principais cidades brasileiras, não só Bárbara como todos nós suspeitávamos que, cedo ou tarde, a recente mudança na presidência iria provocar uma onda progressista, devolvendo ao Brasil um pouco do espírito de solidariedade e a capacidade de sonhar com dias menos turbulentos e mais otimistas.

— E tu, Bárbara, não pensa em voltar? — quis saber o Fernando.

A pergunta do paulista fazia sentido, afinal a Bahia de Bárbara foi a principal locomotiva de votos na eleição do presidente, confirmando o pendor do maior estado nordestino para a esquerda, mais do que nunca, um Porto Seguro para quem não coadunava com as aberrações impostas pela extrema-direita.

— Não pensei nisso, meu *nêgo* — respondeu Bárbara, olhando na minha direção — por enquanto, estou bem servida e feliz por aqui.

Rimos.

Apesar dos dias felizes na companhia de Bárbara, retirados das páginas de um romance água com açúcar, um acontecimento fortuito atravessou o nosso caminho e acabou por colocar em risco o *e viveram felizes para sempre* do fim da nossa história. Um acontecimento fortuito de cabelos loiros, batom vermelho e perfume suave e feroz.

Reencontrei a mulher do Mau Selvagem por acaso, numa noite em que saí só, pois Bárbara estava a trabalhar no turno noturno da cafetaria. Caminhava pela Almirante Reis em direção ao Areeiro quando a vi sair de uma loja, um enorme embrulho numa das mãos, enquanto a outra puxava uma criança nos seus oito, nove anos.

— Quer ajuda? — perguntei, levado por um inexplicável impulso.

A mulher do Mau Selvagem pareceu tomar um susto com a súbita abordagem, mas recuperou-se rapidamente. Abriu um sorriso e respondeu:

— Ah, sim, claro, obrigada — disse, com um sotaque brasileiro, entregando-me o enorme embrulho, enquanto a criança mirava-me com indisfarçável indiferença.

O embrulho, além de enorme, era pesado. Enquanto caminhávamos, ainda no sentido ao Areeiro, perguntava-me o que conteria, admirado também pela mulher do Mau Selvagem tê-lo carregado como se fosse uma pluma. Pensamentos varridos quando uma lufada de vento encobriu-me como o inebriante perfume dela.

— É um *videogame* para o Gabriel — revelou a mulher do Mau Selvagem, como se lesse o meu pensamento. — Um presente de aniversário.

A menção à prenda lavou a cara de tédio da criança, que sorriu um sorriso desfalcado de dois dos dentes frontais.

— Parabéns, Gabriel — disse, tentando ser simpático, mas o filho do Mau Selvagem não se empolgou e voltou a vestir a máscara de entediado.

— E eu, sou a Dora — falou a loira fatal, esticando a mão num cumprimento.

Equilibrei o pesado pacote num dos braços e senti a pele aveludada das mãos de Dora, a adorada Dora, desde sempre, a loira fatal desta história.

Cumprimos o resto do trajeto em silêncio, até porque o peso do *videogame* do Gabriel impedia-me de falar sem ficar ofegante. Não me inibia, porém, de observar o corpo da mulher do Mau Selvagem, o vestido rosa justo ao corpo, acentuando-lhe as curvas, evidenciando a bunda redonda e firme, e os seios que enchiam a palma de uma mão.

Paramos em frente a um belo prédio, na Alameda. A mulher do Mau Selvagem vasculhou a pequena bolsa da mesma cor do vestido e tirou de lá um chaveiro em forma de gato. Com uma chave dourada, abriu a porta e viu o filho entrar. Esbocei devolver-lhe o gigante embrulho, quando, para a minha surpresa:

— Não quer entrar?

Aquiesci com a cabeça, excitado pela oportunidade de entrar não só no apartamento daquela bela mulher, mas na intimidade do Mau Selvagem, sem desconfiar que, futuramente, repetiria tantas outras vezes o mesmo percurso, com a vantagem de vencer os três andares até o apartamento dela sem o incómodo peso do embrulho.

A casa da mulher do Mau Selvagem surpreendeu-me pelas dimensões, um quatro-quartos num enorme apartamento numa área nobre de Lisboa, de cómodos grandes, a sala nem se fala, maior do que toda a área da República dos Anjos, iluminada por janelões de vidro, e uma ampla varanda com vista para a fonte luminosa da Alameda.

Surpreendeu-me ainda mais pois não esperava que a mulher de um livreiro pudesse viver num apartamento desses, com decoração típica de um novo-rico brasileiro, móveis de *design* moderno, tapetes coloridos, luminárias de alumínio, nada parecido com o sombrio e pesado ambiente tipo casa da avó, ainda comum entre os portugueses.

— Pode deixar o embrulho sobre a mesa — falou, e só aí percebi que, pateticamente, ainda segurava o pesado pacote com as mãos. — Água, café ou uma cerveja? — continuou, abrindo o maravilhoso sorriso.

— Uma cerveja — respondi, tentando medir até onde estava a ser simpática ou apenas era a forma de pagar o *delivery* do presente do Gabriel.

— Ótimo, você merece, — respondeu — e estava com vontade de uma cerveja, também.

Enquanto ela foi à cozinha, tentei ver entre os objetos da sala algum traço da presença do Mau Selvagem. Em vão.

Nada parecia remeter à passagem dele por aquele apartamento. Detive-me por um momento num porta-retrato numa das prateleiras da imensa estante parcialmente preenchida por livros de decoração.

A fotografia no porta-retrato era de um senhor nos seus sessenta anos, um pouco mais, um pouco menos. Um tipo bronzeado, de cabelos brancos a rarear, metido num fato cor de chumbo. Sorria simpaticamente e parecia bem-sucedido. Cogitei ser o pai dela, o avô do Gabriel. Aquele apartamento poderia ser uma espécie de herança, pensei.

— É o António — disse a mulher do Mau Selvagem, por trás de mim. Havia retornado sem perceber e flagrou-me a vistoriar o porta-retrato. — É o meu namorado, revelou, com certa indiferença, usando novamente seus dotes telepáticos.

Peguei o copo com a cerveja oferecido pela Mulher do Mau Selvagem, agora também conhecida como a namorada do António. Enquanto tomava o primeiro gole, olhei para o longo corredor por onde Gabriel correu chutando uma bola, até desaparecer na escuridão. Fiquei à espera de que o namorado surgisse na direção oposta.

— O António não está — adiantou-se, como se tudo o que eu pensasse estivesse escrito na minha testa. — Viaja bastante, tem negócios na Ásia, em África e na América Latina. Vai da China ao México assim, ó — continuou, estalando os dedos.

— Uma vida nada monótona — foi o máximo que consegui dizer.

— Ao contrário da minha — replicou, dando um longo gole no copo em sua mão.

A resposta da mulher do Mau Selvagem desconcertou-me, e fiquei sem saber o que dizer. Ela, porém, parecia ter um guionista melhor do que o meu:

— Vejo que o seu olho está bem melhor.

— O meu olho? — respondi, surpreso.

— Sim, na última vez que o vi, na livraria, estava terrível. Foi briga?

— Quase — balbuciei, ainda surpreso por ela ter me percebido na loja.

— Não, não foi, não tem cara de quem briga.

— Foi uma queda, confesso, nada glamouroso.

— A vida costuma ser assim, nada glamourosa.

Olhei em volta ao apartamento dela.

— Parece haver uma vida glamourosa aqui — retruquei.

— As aparências quase sempre enganam.

Uma vida monótona e nada glamourosa. Se para um meio entendedor do meu naipe meia palavra bastava, as duas palavras eram claríssimas. E, se já era difícil acreditar estar no apartamento da mulher do Mau Selvagem, era mais inverossímil ainda ter uma conversa desse tipo com alguém que havia conhecido há pouco menos de meia hora.

Mas, como disse, o roteirista dela era dos melhores.

— Olha — falou ela, apontando para o meu copo vazio. — Vou te trazer uma outra cerveja, daí vai tomando ela devagarzinho enquanto boto o Gabriel para dormir, ok?

Fiquei em silêncio, ainda sem acreditar no guião.

— Ou tu tem compromisso?

Pensei em Bárbara, a trabalhar na cafetaria. Daqui a pouco estaria em casa à minha procura. A mulher do Mau Selvagem seguia parada à minha frente e, novamente a usar seus dotes telecinéticos para ler a mente, sorriu, mas não um sorriso como os anteriores, que já seria o suficiente, e sim um sorriso maior e mais belo, do tipo encerra-a-questão.

— Compromisso? Não, nenhum — menti.

— Ótimo, assim podemos conversar mais um pouquinho — falou, seguindo novamente em direção à cozinha, de onde voltou com uma nova cerveja. — Já, já volto, o Gabriel é bonzinho, não demora a dormir.

— Que bom que ele é bonzinho — respondi, despretensiosamente.

— Alguém nessa casa tem que ser — falou a mulher do Mau Selvagem, enquanto lentamente desaparecia pelo longo corredor.

O guionista dela era, mesmo, dos melhores.

Se esta história fosse um bom livro policial, a tórrida cena de sexo com a loira fatal mereceria um capítulo inteiro, mas ainda era um escritor em formação e, como tal, deixei-me levar pela ansiedade, pela pressa em revelar tudo, o típico macho que mal a foda termina não vê a hora de se gabar sobre a conquista amorosa na roda de amigos.

Nada do que me orgulhar.

Nestas poucas linhas espremidas até o fim do capítulo, cabe apenas o essencial, sobre como a mulher do Mau Selvagem logo voltou. Era verdade sobre o Gabriel ser bonzinho e não demorar a dormir, assim como era verdade que alguém naquela casa teria de ser bonzinho, pois a mãe do Gabriel era dona de uma malícia desconcertante.

Aproximou-se lentamente e, sem dizer uma palavra, usou a sua mão alva para afastar o copo que eu levava à boca, beijando-me suave e demoradamente. A mesma mão que em seguida me guiou pelo longo corredor escuro, onde entrei como um explorador de uma estranha dimensão, sem tempo, espaço e gravidade, para voltar de lá um novo homem.

Se um homem melhor ou pior, não sei. Mas disso eu falo depois.

9

Ao voltar naquela noite, a República dos Anjos dormia em silêncio, como de costume, imersa na escuridão. Entrei de bico dos pés, para não denunciar a minha presença. Era melhor assim, a conversa com Bárbara na manhã seguinte, pois teria a noite inteira para me recuperar da experiência sinestésica com Dora, a adorada mulher do Mau Selvagem.

O que não esperava era passar a noite praticamente em claro.

Entrei no quarto sem acender a luz, ainda receoso de Bárbara perceber a minha presença. Arrastei os pés pelo assoalho e foi aí que me dei conta, como da outra vez, de um taco saliente no piso, não muito longe do anterior. Felizmente, o contato agora não foi suficientemente forte para me levar ao chão. Liguei a lanterna do telemóvel.

Lá estava ele, destacando-se dos demais no piso uniforme. O curioso é que, ao contrário do anterior, um velho conhecido dos meus pés, não havia notado a existência desse taco saliente. Sem o expediente da forte topada, sabia que seria mais difícil retirá-lo. Com o telemóvel entre os dentes a iluminar o chão, iniciei a operação com as duas mãos.

Feri as pontas dos dedos e parti duas unhas para movê-lo apenas alguns centímetros do lugar. Tentando fazer o mínimo ruído possível, vasculhei as gavetas da cómoda até encontrar um antigo canivete suíço. Usando a lâmina como uma espátula, enfiando-a por entre as frestas do piso, a pressionar, em alavanca, terminei a operação.

Não havia um baú oculto por baixo do taco, como na vez anterior, e sim um embrulho em tecido. Retirei o volume cuidadosamente, achando-o mais pesado do que sugeria. Já sentado na cama, desfraldei o pano negro e vi surgir o colete da livraria, um modelo mais antigo do que o atual, gasto pelo uso, mas ainda assim semelhante ao que eu usava.

O colete de trabalho do Mau Selvagem.

O colete que servia de embrulho a uma outra ferramenta de trabalho do Mau Selvagem, um velho e maciço cano de metal. Não de ferro, como rezava a lenda, mas de cobre, a *Excalibur* redentora das humilhações sofridas pelos brasileiros da livraria, a nêmesis dos portugueses esnobes, a reluzir em tons dourados sob a lanterna do telemóvel.

Um cano com cerca de quarenta centímetros, dos que se encontram dentro das paredes de prédios antigos, corroído por dentro pela oxidação, mas ainda em bom estado. Passei alguns instantes a segurá-lo sobre as palmas das mãos, sentindo o seu peso, avaliando também o estrago que infligiria na carne e nos ossos ao ser devidamente manuseado.

Percorri o cano com a lanterna do telemóvel, hipnotizado pelo brilho acobreado da arma da vingança do Mau Selvagem. Numa das pontas, havia uma sequência de pequenos riscos verticais encravados no metal por um objeto pontiagudo, uma faca, um prego. Um, dois, três, quatro, cinco, seis, sete. Sete traços fendidos na base do cano.

Marcações semelhantes às que os prisioneiros dos filmes fazem nas paredes das celas para contabilizar os penosos dias de cárcere. Riscos similares também aos que os assassinos de aluguel talhavam com uma faca nos canos dos revólveres; cada traço fendido no ferro, uma alma a mais encomendada ao diabo.

Sete vítimas. Sete, um número cabalístico e sagrado, o sete do sétimo caminho do *Sepher Yetzirah,* o caminho da inteligência oculta, combinação de fé e intelecto, o sete das letras de um dos nomes sagrado de Deus, *El Elyon,* o *Forte dos Fortes,* como eram sete os anjos sentados diante do trono Dele, Gabriel, Miguel, Haniel, Rafael, Camael, Zadquiel e Zafiel.

O sete dos sete astros da esfera celestial mística, cinco planetas, Mercúrio, Vénus, Marte, Júpiter e Urano, mais o Sol e a Lua, dos sete metais e das sete pedras elementais da alquimia, o sete como o guerreiro do *tarot,* o sete, número da nobreza, do triunfo, da honra, da reputação e da glória, o sete da espada flamejante do querubim.

O sete do sétimo círculo do Inferno concebido por Dante sob encomenda para o Papa, o *Vale do Flegetonte,* designado aos que foram violentos com Deus e consigo mesmos, os hereges e suicidas, mas também com o próximo, os assassinos, que nessa esfera infernal são imersos num lago formado pelo sangue que derramaram de suas vítimas.

Não por acaso, *Sétimo Círculo* foi o nome da editora de Jorge Luís Borges, dedicada exclusivamente à literatura policial. Mas de Borges e da literatura policial falo depois.

Posicionei o telemóvel na base da cama, para que a lanterna iluminasse o pequeno espelho do meu quarto. Diante dele, despi-me por completo e vesti o colete do Mau Selvagem, não mais uma ordinária e desbotada farda de trabalho, mas uma nobre veste, um manto sagrado, imbuído de um poder incompreensível, oculto, apocalíptico.

De perfil, em frente ao espelho, segurei o cano de cobre com as duas mãos, como se empunhasse uma espada. Em seguida, comecei a girar a *Excalibur* ao redor do tórax, emulando uma sequência de golpes. No reflexo, não era um ridículo livreiro pelado com um velho colete e um cano enferrujado na mão, mas um temível samurai.

A performance durou alguns minutos e terminou na posição inicial, o cano perfilado como uma espada, paralela ao meu corpo suado, os bíceps contraídos, no espelho, maiores do que o normal. Sentia-me estranhamente mais forte, viril, potente. No reflexo do espelho, meu pênis também apresentava-se maior, enorme, descomunal.

Deitei na cama molhado de suor, ainda despido e só com o colete, e dormi abraçado ao cano de cobre. Naquela noite, sonhei com a mulher do Mau Selvagem, a loira fatal desta história, uma ninfa envolta num véu translúcido à sombra de uma árvore, esperando para ser possuída, penetrada pelo meu pênis sobrehumano de Sátiro.

E acordei com fortes batidas na porta.

Cambaleante, arrastei-me até à porta e ao abri-la encontrei o sorriso de Bárbara, acentuando as duas covinhas. Um sorriso que se desfez assim que me viu pela fresta da porta entreaberta, o rosto amarrotado, descabelado e vestido apenas com o colete da livraria. A baiana ficou à espera de que a convidasse a entrar, o que não era uma boa ideia.

— Está tudo bem? — perguntou, sem disfarçar a cara de estranheza. — Não te vi ontem à noite quando cheguei e, sei lá, depois daquele dia, da queda, fiquei *noiada*.

— *Tá*, sim, só perdi a hora — respondi, limpando a voz com um pigarro.

— E vai trabalhar assim? — falou, apontando para o colete.

— Acha que vão notar? — continuei, tentando ser engraçado e quebrar o *climão* que se instalou, mas a tentativa falhou.

— Tem certeza que está tudo bem? *Tás* estranho pra caralho — insistiu, intrigada, esticando o pescoço para entrever o interior do quarto. — E essas manchas na barriga?

Não sabia o que responder, pois, na noite anterior, na escuridão do quarto, não notei os laivos avermelhados no meu tórax, o rasto propositalmente deixado pela mulher do Mau Selvagem, a marcar o seu território e a minha pele, certificando a sua propriedade, como um vaqueiro faz ao gado com a ferradura em brasa. Tentei ser o mais natural possível.

— Não sei, acho que dormi sobre os braços — disse, forçando um ar de espontaneidade, lamentando-me de não contar com o roteirista da loira fatal.

Bárbara claramente não acreditou na teoria, era uma mulher perspicaz e experiente, e, vamos combinar, não precisava ser um investigador criminal do *CSI* para reconhecer as marcas de um outra mulher no corpo do seu homem. A baiana não precisava ouvir a minha confissão para ter certeza de que o veredito só podia ser um, o de culpado.

— Sei, ok, então até já — disse, séria, partindo sem me beijar, como já era costume.

Era o famoso princípio do fim. *Daqui pra frente, só pra trás*, diria o Serjão.

A possibilidade de perdê-la, porém, estranhamente não me perturbou. Pelo contrário, estava até um pouco irritado pela reação dela, em acintosamente me confrontar. Quem Bárbara pensava que era? Estávamos a sair juntos, mas não me recordava de sermos oficialmente namorados nem de termos exigido exclusividade um do outro.

Fechei a porta e concentrei-me em conferir o estrago da noite de escavação no piso do quarto. Tentei recolocar o taco no seu devido lugar, mas, assim como o primeiro, o encaixe parecia não ser mais possível, e o assoalho ficou com duas saliências a destoar na superfície plana. Talvez um tapete resolvesse o problema, pensei.

Voltei para frente do espelho e tive a real dimensão do estrago deixado pela mulher do Mau Selvagem no meu corpo. As manchas avermelhadas espalhavam-se pelo peito e pelo dorso do tórax. Virei-me, e a cena repetia-se de forma ainda mais acentuada, um trilho encarnado formado por dez dedos, que partia das omoplatas e ia até o glúteo.

Suspirei fundo e dei de ombros. Bárbara que resolvesse o que faria com isso.

Tomei banho, e as marcas arderam ao contato com a água. Ao me trocar, deixei de lado o meu colete e vesti o colete surrado do Mau Selvagem. Sob a barra da calça, encaixei na meia o cano de ferro. Não sabia muito bem o que estava a fazer, mas tentei me convencer de que, se estava a escrever sobre alguém, ajudaria estar na pele dele.

Cheguei no trabalho quase uma hora atrasado. Para além de perder a hora, corroborou ter levado mais tempo entre a República dos Anjos e a livraria, o passo mais lento do que o costume, a andar como se desfilasse numa passarela, altivo, sentido que todos os olhares convergiam na minha direção, atraídos pelo magnetismo da minha aura.

Ao entrar na livraria, o gerente tentou outra vez ignorar a minha presença, mas a visão treinada do patrão não se esquivou do colete do funcionário. Não apenas por ser um modelo antigo, ligeiramente diferente do atual, um detalhe praticamente impercetível aos olhos dos demais livreiros e clientes, mas nunca à revista de um chefe rigoroso.

O gerente parecia reconhecer a vestimenta do Mau Selvagem, amarrotada, desbotada e suja. Como um perdigueiro, era capaz de distinguir por entre o forte odor de coisa guardada, o familiar cheiro do antigo funcionário. Apesar da cabeça sem um único fio de cabelo, sentiu um arrepio subir-lhe a nuca, o sinal de perigo iminente.

Baixou a visão, em respeito ou temor. Caminhei lentamente por entre as estantes, fazendo questão de lhe triscar o corpo junto ao balcão da caixa registadora, para que constatasse a eletricidade que emanava da minha pele. Não me sentia um homem vulgar, de carne e osso, mas uma sólida usina nuclear a produzir milhões de megatons.

O Velho também reconheceu a surrada indumentária de trabalho do Mau Selvagem. E sorriu, satisfeito. O ancestral livreiro tinha um ar ainda mais jovial, já não tão encurvado, as pequenas pupilas antes negras e opacas agora cintilavam em tons de verde, como se vampirizasse a energia do seu livreiro preferido, emanada do colete

Passei boa parte do dia enfurnado na seção policial e vendi como nunca. O colete do Mau Selvagem parecia um potente ímã, a atrair um cliente atrás do outro, cada sugestão recebida como uma ordem. Vi partir Chandlers, Hammetts e Simenons, uns do Vázquez Montalbán, outros do Camilleri e do Manzini, e até dos famigerados nórdicos.

Entre uma venda e outra, espreitava Bárbara na cafetaria, cabisbaixa, sem retribuir o meu olhar. Aparentava tristeza, desolação, operando a reluzente máquina italiana de expresso sem o mesmo entusiasmo, os cafés tirados mecanicamente, sem direito a sorridentes emojis e românticos corações desenhados na espuma branca.

Foi numa dessas idas à cafetaria que notei a presença espaçosa, ruidosa, arrogante e inconveniente de um cliente. Conhecia-o de outras visitas à livraria, um brasileiro da pior espécie, nem um bom nem um mau selvagem, não por virtudes ou princípios, mas por ser um selvagem com aspirações de jesuíta.

Além dos brasileiros *neandertais* das primeiras vagas e os *sapiens* das últimas, houve sempre um terceiro tipo de imigrante do Brasil a mover-se entre os conterrâneos todo-terreno e os com o diploma perdido numa gaveta num armário da *Ikea*: o brasileiro novo-rico, com muito dinheiro e pouca educação e cultura.

O brasileiro da Idade do Metal, do vil metal

Enquanto os brasileiros *neandertais* conquistaram o respeito dos portugueses pelo talento e pelo esforço, e os *sapiens* pela empatia, o máximo que os brasileiros da Idade do Metal conseguiam era ser aturados ou adulados pelos donos da casa, um benefício comprado a peso de ouro graças às suas fortunas, como quem compra um visto *gold*.

Os brasileiros da Idade do Metal desprezavam os *neandertais* que ganhavam a vida em Portugal com o suor do seu rosto. Reproduziam na Europa o *modus operandi* do Brasil, onde sempre reivindicaram uma superioridade natural em relação aos brasileiros que empregavam em suas fábricas, comércios ou mansões, por um salário de merda.

Precisavam dessa força servil por perto para sobreviverem e também para lembrarem a si mesmos de que se sentiam diferentes, europeizados. Ao mesmo tempo, evitavam o contato, exigindo uma distância mínima, profilática, sanitária, como se a pobreza fosse contagiosa e pudesse ser contraída pelo ar ou pelo toque na pele.

Desprezavam também o brasileiro *sapiens*, um antagonista à altura, capaz de corromper os seus filhos com suas fábulas sobre uma sociedade mais justa, uma mentira panfletada em livros, o canto da sereia ecoado nas melhores universidades públicas que, gostavam de salientar, sustentavam com seus impostos, apesar de descaradamente sonegá-los.

Pior ainda do que corromper os seus filhos, temiam que os seduzissem, pondo em risco a pureza da linhagem e, um dia, verem-se obrigados a conviver com um genro de barba grande, bermudas e chinelos ou uma nora tatuada, sem sutiã e axilas peludas, com um remelento fedelho comunista a correr pela casa, danificando a mobília e a sua casta.

Uma casta que exigia aos empreiteiros portugueses modernos apartamentos com retrógrados quartos de empregada, novas senzalas que perpetuavam a secular cultura da vassalagem de quem sempre viu como menores e indignas as tarefas de cozinhar a própria comida, lavar a própria loiça, retirar o próprio lixo e cuidar dos próprios filhos.

Era esse tipo de brasileiro que gesticulava e levantava a voz na cafetaria. Bárbara, visivelmente constrangida com o grotesco espetáculo, tentava livrar-se o mais rápido possível do tipo, levando a máquina de expresso ao limite, fazendo-a soltar vapor por todo lado, como se a cafeteira também estivesse irritada com o inconveniente cliente.

Até onde percebi, um dos funcionários portugueses da livraria havia imprudentemente parabenizado o cliente por ter agora *um novo presidente*, o que desencadeou uma reação verborrágica do brasileiro da Idade do Metal, a espalhar perdigotos enquanto bradava, girando os braços pela cafetaria como uma sambista ensandecida.

— Meu presidente um caralho! — urrava, os olhos arregalados e o rosto vermelho de fúria. — E tenho lá presidente ladrão!

Agora, esse era o motivo, embora não fosse necessária alguma razão para o destempero. Até mesmo quando o presidente era o outro, o fascista, costumava provocar situações embaraçosas na livraria, fosse um comentário racista, machista ou homofóbico, ou na forma grosseira e ríspida como tratava os funcionários, principalmente os brasileiros.

Há tempos, ruminava uma resposta à altura, porém sempre acabava vencido pela covardia. Mas isso foi antes. Agora, sentia-me mais audacioso, arrojado, capaz de lhe dar a merecida lição. E assim aproximei-me silenciosamente do balcão da cafetaria, a dois palmos do brasileiro da Idade do Metal, ainda a gesticular e falar em voz alta.

Cada rompante era como se uma adaga penetrasse a minha têmpora, ampliando a renitente dor de cabeça que me acompanhava desde a queda no quarto. Senti o refluxo alastrar-se das entranhas à boca e reconheci o amargo gosto da ira atingir o palato. Num leve movimento da perna, certifiquei-me da austera presença do cano de ferro.

— E o sanduíche, minha querida? Vai demorar? — disse, baixando um pouco a voz.

Bárbara não ousou responder. Sozinha na cafetaria e a lidar com as chávenas de café, era óbvio que iria demorar. A mudança de tom do cliente foi o suficiente para desistir de usar a *Excalibur*, ali mesmo, no balcão da cafetaria. Talvez ainda não estivesse preparado para esse expediente. Preferi, então, servir a vingança de uma outra forma.

— Pode deixar que preparo a sandes — anunciei, e, pela primeira vez desde a manhã, Bárbara acusou a minha presença, ainda assim com um olhar indiferente. Não esperei pela resposta e enfiei-me na pequena cozinha nos fundos da cafetaria, enquanto ouvia o cliente recomeçar a cantilena, levantando novamente o tom.

Lembrei uma das antigas façanhas do Mau Selvagem, talvez a mais escatológica delas, quando certa vez serviu uma salada a uma antiga cliente da casa, um velha lá nos seus setenta e tantos anos, mas tão chucra e inconveniente quanto o brasileiro da Idade do Metal, ao ponto de receber dos funcionários da livraria a alcunha de *A Bruxa*.

Reza a lenda que o Mau Selvagem trancou-se nessa mesma cozinha e meticulosamente besuntou as nozes que compunham a receita, uma por uma, no próprio cu. Em seguida, misturou-as às folhas de alface, fatias de queijo e cenoura, e às rodelas de tomate-cereja, temperou e serviu à malcriada cliente a sua versão de uma salada à moda da casa.

A mesma lenda dá conta de a cliente ter comido o prato até a última das nozes. E de, pela primeira vez, ouvirem um elogio sair da boca da *Bruxa,* que nas vezes posteriores voltou a se queixar, insatisfeita de a salada à moda da casa nunca mais ter estado como *daquela vez,* embora não soubesse precisar qual molho ou tempero faltava.

Decidi também dar o meu toque pessoal. Tranquei a porta da cozinha, abri o fecho da calça e usei o meu pau como uma faca improvisada, barrando a manteiga pelas duas faces do pão. Em seguida, esfreguei nele as fatias de queijo e salame. Depois, fechei a sandes, meti num prato, recoloquei o meu pau dentro da calça e voltei ao balcão.

O brasileiro da Idade do Metal parecia surpreso com a velocidade do preparo. Entreguei-lhe a sandes e fiquei apenas a observar.

— Hummm, está muito bom — disse, o cliente, logo após a primeira mordida.

— É a qualidade do salame da casa — respondi, antes de retornar à seção dos policiais portando um sarcástico ar de vitória no rosto.

Mais tarde, procurei Bárbara e, ansioso, contei-lhe o ocorrido, esperando uma reação positiva diante da vingança. Confiava até que de alguma forma me perdoasse.

— Fizeste o quê? *Tá* doido? — disse a baiana, em visível reprovação. — *Tás* doente, porra, *tás* estranho pra caralho — repetiu, transtornada, virando-me as costas.

À noite, em vez de ir para a República dos Anjos, novamente voltei à casa de Dora.

10

Voltei à casa da loira fatal naquela e em outras noites, recebido sempre de braços e pernas abertos. Mergulhava em Dora como quem se atira ao mar de um íngreme precipício, sentindo a velocidade, a longa queda, o impacto, a escuridão, o silêncio, a falta de ar, uma profusão de sensações antes de retornar à superfície e ver a luz do sol.

Praticamente, só passava na República dos Anjos para pegar duas peças de roupas e algumas cuecas. E olhe lá, quando não ia dois, três dias à livraria com a mesma roupa, a barba por fazer. Ninguém, porém, podia reclamar de uma possível falta de asseio, pois recendia ao perfume suave e feroz da loira fatal, indelevelmente colado à minha pele.

Nas raras idas aos Anjos, sentia-me um estranho, como se nunca tivesse vivido por lá. Era um gatuno, a entrar e sair em silêncio, pilhando os meus próprios pertences. Nessas investidas, a única sensação de familiaridade me acometia quando passava à frente da porta do quarto de Bárbara, afligindo-me com uma leve pressão no peito.

Pouco tempo depois, até voltei a dormir com mais regularidade no meu antigo quarto, dormir é uma forma de dizer, pois passava boa parte da noite em claras, freneticamente a retirar e a repor os tacos do assoalho, num insana caça ao tesouro, o piso em total desalinho, o tapete comprado às pressas incapaz de disfarçar a caótica arqueologia.

Mas disso eu falo depois.

O que interessa agora é o quarto de Dora, o amplo quarto com vista para a fonte luminosa da Alameda, decorado em tons de rosa, rosa como o batom e o robe da mulher do Mau Selvagem, também como as cortinas e o lençol estendido sobre o colchão macio na imensa cama, para onde seguia ao chegar e saía apenas na manhã seguinte.

Na mesa de cabeceira, António acompanhava a movimentação do porta-retrato, sereno, sem perder o sorriso e o bronzeado. Em dois meses, o namorado dela não deu as caras por lá. Vez ou outra, Dora soltava vagas pistas sobre o seu paradeiro, Pequim, Rio de Janeiro, Oslo, enquanto languidamente penteava os cabelos dourados.

Não mencionava nada, porém, sobre o ex-marido. No início, evitei perguntar a respeito do destino do Mau Selvagem, a fim de evitar algum embaraço, mais um estratagema aprendido nos livros policiais. Porém, por mais sedutora que fosse a loira fatal, era necessário que o detetive seguisse a investigação até o caso ser solucionado.

Cedo ou tarde, seria levado a perguntar sobre o Mau Selvagem, e foi numa invulgar tépida noite de abril, com a brisa morna a entrar no quarto pelas portas da varanda, balançando as cortinas rosas, e as madeixas loiras que parcialmente cobriam o corpo despido de Dora, que essa hora chegou:

— E o pai do Gabriel? — disse, como quem não quer nada.

— Quem? — fingiu não ouvir, brincando com as contas de um colar de pérolas.

Insisti:

— O pai do menino.

— O que é que tem o pai do menino?

— Onde está? Nunca volta para ver o filho?

— Está por aí. Não sei — respondeu, vagamente, aparentando pela primeira vez algum desconcerto, como se o guionista dela tivesse tirado uma folga.

Só que as folgas dos bons roteiristas costumam ser curtas.

— Um dia, do nada, desapareceu, sem dar notícias e deixar rastos — recomeçou, olhando nos meus olhos sem hesitar.

— Desapareceu do nada.

— Do nada. Deixou a mim e ao Gabriel com uma mão na frente e outra atrás.

— Até o António aparecer...

— Até o António aparecer.

Dora largou o colar de pérolas sobre a cama e decidiu concentrar as atenções em mim. O sexto sentido soara o alarme de ser um momento decisivo da trama.

— Não me venha com a sua falsa moral — falou, o olhar ainda mais penetrante.

— Não era a minha intenção.

— Era sim — insistiu. — Os homens são todos iguais, basta deitar-se com uma mulher para se achar o dono dela.

Ameacei argumentar, mas Dora impediu-me, calando-me com o indicador nos meus lábios. Estava empenhada em retomar as rédeas da conversa. Em algum lugar do cérebro dela, por baixo dos longos e lindos cabelos loiros, indicou ao guionista ter chegado a hora de um monólogo.

— Quando o pai do Gabriel desapareceu, fiquei só, desamparada, com uma criança pequena para cuidar, numa cidade que não era a minha. Quando era mais jovem, tinha as minhas habilidades profissionais, é verdade, poderia me safar de outro jeito, mas depois, depois não, a minha única habilidade era esse sorriso e esse corpo aqui. Um dia o António surgiu, gentil, o que é uma vantagem, mas a vantagem maior ainda dele é que tinha a vida estável, confortável, era um industrial, e, como todo industrial, alguém que fez fortuna graças a uma herança ou um bom casamento. Herança, um bom casamento ou às custas dos empregados. Não há mérito nenhum em ser um industrial, e, se ele enriqueceu assim, nada mais justo que também procurasse um bom casamento e uma boa herança. E que eu enriquecesse às custas dele. Vejo as coisas de forma muito simples, a minha relação com o António como uma reparação, uma lei do retorno, um *karma*, como queira chamar. E lá dentro, embora não seja nobre o que vou dizer, lá dentro vejo isso também como uma forma de vingança, pois, acima de ser gentil, um industrial ou um milionário, o António é um homem, e foi um maldito de um homem que quase fodeu a minha vida. Por isso, repito, não me venha com essa sua falsa moral de homem.

Tive a impressão de ouvir o exato instante em que o guionista pôs o ponto final no monólogo. Dora recolheu o indicador, deixando o açucarado gosto da sua pele nos meus lábios. Em seguida, cobriu-se com o lençol rosa e virou-se para o outro lado da cama, em silêncio, apagando a luz do abajur, o quarto iluminado apenas pela lua na janela.

Naquela noite, não houve saltos de precipícios e sensoriais mergulhos profundos, apenas a monotonia da planície de uma praia sem ondas, o mar em completa calmaria. Era punido pela minha ousadia, por tentar ultrapassar uma linha traçada pela mulher do Mau Selvagem, portanto, uma fronteira que apenas ela estava autorizada a cruzar.

Ao despertar, encontrei o lado dela vazio na cama. Resignado, comecei a vestir-me, a calça, meias, sapatos, a mesma roupa do dia anterior e o colete do Mau Selvagem. Nem sempre usava-o, não tinha a necessidade de expor o meu disfarce em público, portava-o apenas quando me sentia mais vulnerável e precisava de coragem.

Era o caso. Diante do espelho, senti quando o perfume suave e feroz da loira fatal retornou ao quarto.

— Onde... onde você achou isso? — perguntou, sinceramente intrigada, ao me encontrar diante do espelho, uma maçã nas mãos, a personificação de uma bíblica tentação.

Por mais improvável que pareça, nesse tempo todo, nas tantas idas e vindas ao apartamento, aparentemente Dora nunca me vira vestido com o colete do Mau Selvagem. Talvez um raro lapso do seu acurado olhar, talvez porque realmente nunca o usara diante dela, uma inconsciente forma de proteção, a minha carta na manga.

— No meu quarto.

— No seu quarto, onde?

— Nos Anjos.

Dora deu mais uma dentada na maçã. A fruta parecia-lhe subitamente amarga, ou o que lhe sabia amargo era o gosto de ser surpreendida. Devia detestar a sensação de não ter o pleno controlo da situação, como se isso a deixasse indefesa. Mas não era mulher de ficar em desvantagem por muito tempo. Rapidamente, recuperou a postura.

Voltou a morder a maçã, ouvindo a serpente sussurrar em seu ouvido.

— O colete dele no seu quarto, é isso?

Era a deixa para o meu monólogo. Embora não contasse com um guionista como o dela, fiz um resumo competente do ocorrido, do taco saliente, do baú, dos negativos, das comprometedoras fotografias do gerente, do outro taco fora do lugar, do cano de cobre e do colete do Mau Selvagem. Omiti estrategicamente a sequência de troca de cartas.

Dora, agora a loira fatal, caminhou em minha direção. Em silêncio, deslizou suavemente a mão sem a maçã pelo meu tórax, gentilmente acariciando o colete do Mau Selvagem. A princípio, parecia uma tentativa de estabelecer contato com o marido, um comovente gesto de intimidade, mas eu logo perceberia se tratar de uma atitude menos afetiva.

Com os dedos finos, tateou os dois bolsos na face frontal do colete. Insatisfeita com a revista superficial, enfiou-os dentro, vasculhando-os meticulosamente, sem encontrar o que procurava. Não escondia a frustração. Ainda em silêncio, recuou dois passos e, numa única mordida, deu fim à maçã. Ponderou alguns instantes sobre o que diria.

— Nada da chave? — quis saber, finalmente, vencida pela curiosidade.

A chave. Lembrei-me na mesma hora da conversa com o Serjão sobre as constantes idas da loira fatal à livraria, dela pacientemente vagar entre os livros à procura de uma chave, de insistentemente perguntar ao gerente pela chave perdida, a chave, a chave, sempre a chave, a misteriosa chave que supostamente pertenceu ao Mau Selvagem.

Acenei negativamente com a cabeça.

— Mas deve estar lá, só pode estar lá — falou, tentando convencer a si mesma. — Se os negativos, o colete e o cano estavam, a chave também está.

— E essa chave abre o quê? — perguntei, calmamente.

A mulher do Mau Selvagem parecia subitamente arrependida em mencionar a chave, como se cometesse uma descompostura. Por alguns segundos, novamente ponderou sobre o que falar, se seria prudente revelar a verdade ou melhor inventar uma mentira qualquer, pois os homens, como bons idiotas, acreditam em tudo.

Quando finalmente parecia disposta a falar, ouviram-se passos no corredor. O filho do Mau Selvagem havia acordado. Em pé, na porta do quarto, coçava um dos olhos e mantinha o outro fechado, protegendo-se da luminosidade. Vestia um pijama com desenhos de dinossauros. Era a primeira vez que o via, desde quando carreguei o embrulho da sua prenda. A partir de então, entrava e saía com ele sempre a dormir.

— Dê um bom dia ao senhor, Gabriel — sugeriu a mãe.

— Bom dia — balbuciou o menino.

— Bom dia, Gabriel — respondi, e o filho do Mau Selvagem voltou a me ignorar, como de costume.

Em seguida, a mãe pegou o filho pelas mãos e desapareceu pelo corredor escuro, retornando um minuto depois.

— Agora, é melhor você ir — disse, docemente, beijando-me na boca. — À noite, falamos sobre a chave, ok?

Ao bater a porta na saída, ouvi o estranho sibilar de uma serpente.

Mas não tive tempo para pensar nisso.

Logo ao entrar na livraria, fui surpreendido pela presença de uma funcionária nova. Já estava a virar rotina. Desde que o Fernando partiu, outros brasileiros da chamada última vaga de imigração também desistiram do sonho português e decidiram retornar, apostando em um novo Brasil com o novo presidente.

Daqui pra frente, é só pra trás, ouvi a voz do Serjão ecoar na minha cabeça. A questão era que a funcionária nova, uma mulher magra, com ar sério e o rosto marcado pelas cicatrizes de antigas borbulhas, estava a trabalhar na cafetaria. E justamente no horário do turno de Bárbara. Novamente recorri à Cláudia, na seção de poesia.

— O que quer dizer aquilo? — perguntei, apontando em direção à novata.

— Muito chocolate na adolescência — respondeu, distraída, em sua versão dermatologista, não de livreira.

— Não estou falando das marcas de espinhas no rosto dela — insisti, paciente — mas da nova funcionária. Quem é ela? E o que ela está fazendo no horário da Bárbara?

Os olhos da Cláudia arregalaram-se sobre as profundas orelhas.

— Então, você não estava sabendo?

— Sabendo do quê?

— Da Bárbara? De que a Bárbara voltou ao Brasil?

Enquanto recuperava-me da notícia, Cláudia atualizou-me dos detalhes, sobre a Bárbara andar triste, *triste por ter sido um filho da puta com ela,* fez questão de ressaltar a mineira, dos sucessivos atrasos dela no trabalho, da displicência no serviço, ao ponto de um dia, *logo a Bárbara,* descair uma fumegante chávena de café numa cliente.

— E, do mesmo jeito que veio para Portugal porque estava triste, voltou à Bahia porque estava triste — completou Cláudia.

A dermatologista tinha razão, eu havia sido um filho da puta com a Bárbara. Tão concentrado em mim, tão ausente nas últimas semanas que não notei nada dos atrasos dela, da displicência do trabalho, da tristeza da mulher com quem mais me aproximei de um relacionamento saudável.

Devastado, voltei atordoado à seção dos policiais. Antes de me enfurnar entre os livros, o Velho puxou-me pelo colete. O experiente livreiro pressentia os danos causados pela partida de Bárbara e, ciente da missão que ainda estava por cumprir, desenhou um estratagema para me resgatar de uma inútil autocomiseração.

O Velho visivelmente exibia um ar mais jovial, como se houvesse rejuvenescido uns trinta anos em poucas semanas. Além da fisionomia menos fatigada e da tez corada, movimentava-se com agilidade. Num gesto, pediu para que aguardasse um minuto e, lépido, passou a procurar por um livro por entre as edições espalhadas pela estante.

Não era uma tarefa fácil. A súbita jovialidade parecia afetar o sentido de organização do livreiro. Antes arrumados numa sequência lógica, os livros estavam dispersos nas prateleiras, para o ultraje dos filósofos em suas capas, obrigados a conviverem com vizinhos de outras correntes filosóficas e até com alguns desafetos.

Do caos, o livreiro puxou uma edição das *Ficções* de Jorge Luis Borges. Desconhecia a faceta filósofo de Borges, apesar de reconhecer que sua produção literária era tão rica e eclética que seria possível encaixá-lo em praticamente todas as seções de uma livraria. Não sabia também que o argentino havia se enveredado na literatura policial.

Que Borges apreciava o género era notório, pois chegou a fundar uma editora dedicada ao assunto. Mas escapava-me que o escritor havia se dedicado a escrever sua própria literatura policial. Dois dos textos policiais de Borges estavam no livro que o Velho segurava com os dedos magros e longos, apontados na minha direção.

— Um deles, os conterrâneos de Borges o consideram o melhor conto policial escrito em língua espanhola — adiantou o Velho, sem evitar um comentário maldoso. — O que é natural, pois, se os argentinos não considerassem um outro argentino o melhor de todos, não seriam argentinos.

O conto em questão era *A Morte e a Bússola,* escrito em 1942, uma investigação criminal protagonizada pelo detetive Erik Lönnrot, um típico personagem dos romances de enigma, como Dupin e Holmes, dono de um poder de raciocínio sobrehumano, capaz de resolver um crime a distância, apenas com a força do intelecto.

Em pé, entre os livros, li as poucas páginas da história e percebi a admiração dos argentinos. Para além da escrita elegante de Borges, o conto desafiava dois pilares da literatura policial. O primeiro, o do triunfo da genialidade. Se Dupin e Holmes no fim sempre levavam a melhor, o detetive borgeano não tem lá a mesma sorte.

Justamente por ser genial ao juntar as peças do enigma, Lönnrot acaba por ser assassinado no fim da história. A morte do detetive é o segundo, e talvez o mais ousado, dos paradigmas da literatura policial quebrados por Borges, estruturada em basicamente três arquétipos: a vítima, o assassino e o detetive.

Em *A Morte e a Bússola*, portanto, Lönnrot é ao mesmo tempo o detetive e a vítima.

— Muito boa a história — elogiei. — Só não entendi por que está na seção de filosofia.

— Não entendeu nada, mesmo — respondeu o Velho, visivelmente desapontado, talvez arrependido em apostar suas fichas num caso perdido como eu.

Sem perder tempo, o Velho fez surgir do colete uma caneta e um pequeno bloco de notas. Apoiou o caderninho no joelho e, com os dedos magros e tortos, rabiscou alguma coisa. Na superfície alva do papel, lia-se em tinta preta a palavra *sentido*. Com um ar de tutorial, o livreiro começou a sua lição de filosofia.

— Borges dizia que uma investigação policial é para um detetive a forma de tentar dar um *sentido* às coisas — explicou, usando a caneta para enfatizar a palavra com um círculo. — Ou seja, para Borges, todo detetive está é mesmo à procura de um sentido para a vida — concluiu.

Em seguida, voltou a rabiscar o papel com a caneta.

— Talvez isso só funcione em espanhol e em português — adiantou, antes de mostrar a nova palavra. — Mas não tira a genialidade do que Borges queria dizer.

Na superfície alva do papel, agora lia-se *destino*.

— Borges era obcecado por labirintos e jogos de palavras e, como tal, não iria deixar passar essa coincidência — ressaltou o livreiro, pontuando o fato de *sentido* e *destino* serem anagramas, palavras diferentes escritas com as mesmas letras.

— Para Borges, — continuou o Velho, concluindo a sua lição de filosofia — ao buscar um sentido para a vida, todo detetive também está em busca do próprio destino.

11

A breve aula de filosofia borgeana foi o meu último diálogo com o Velho. Uma semana depois, descobriram-no morto na seção de filosofia da livraria, o corpo sepultado por centenas de livros, os filósofos que os acompanharam sabe-se lá por quanto tempo a prestarem a última homenagem numa mortalha feita de papel, tinta e silogismos.

Se demorassem um pouco mais para encontrá-lo, era capaz de só se depararem com as roupas e o colete, sem a carne, o sangue e os ossos, os restos mortais do Velho absorvidos pelos livros por osmose, uma justa contrainvestida dos filósofos, cujas ideias durante décadas serviram de alimento ao velho livreiro.

— Morreu envenenado — anunciou sem esconder uma certa excitação a Cláudia, sempre a mais bem informada entre os funcionários da livraria.

— Envenenado? — perguntou o Serjão, tateando o próprio corpo, como se a menção à *causa mortis* fosse suficiente para envenenar-nos a todos.

— Sim. Cicuta!

Cicuta, claro, se houvesse um veneno envolvido na trama, era óbvio que seria a cicuta, o mesmo utilizado na sentença de morte de Sócrates. Veio-me à cabeça a cena do Velho a agonizar, parafraseando as últimas palavras do filósofo grego: *chegou a hora de irmos, eu para morrer, vós para viver, quem de nós fica com a melhor parte, ninguém sabe.*

— Mas já sabem quem o envenenou? — quis saber o Serjão.

— Sim — respondeu a dermatologista da seção de poesia — ele mesmo se envenenou.

— Como assim?

Única entre os livreiros a ter intimidade com a medicina, Cláudia explicou que a cicuta, para além de uma planta capaz de intoxicar uma pessoa até a morte, era consumida em doses menores em tratamentos medicinais, graças às suas propriedades sedativas, para atenuar dores persistentes e intratáveis, especialmente as provocadas por certos cancros.

— Os médicos legistas acham que o Rubem tinha algum cancro em fase terminal, provavelmente no estômago — explicou Cláudia. — E que tomava a cicuta para aliviar o sofrimento. Acham que talvez tenha exagerado na dose.

— Rubem? — perguntei, surpreso em ouvir pela primeira vez o nome do Velho.

— Sim, a polícia disse que era assim que se chamava.

— Grande *Rubão*! — apressou-se em batizá-lo o Serjão, a nova alcunha conferida no aumentativo uma regalia pelo pesar. — Vai com Deus, *Rubão*! — completou, ignorando que a última pessoa que um ateu convicto como o *Rubão* esperava encontrar era Deus.

Alheia aos pormenores teológicos, Cláudia explicou ainda que a cicuta ministrada em doses homeopáticas alivia as dores causadas pela artrite e, em alguns casos, auxilia no tratamento dermatológico, o que explicaria o súbito rejuvenescimento do Velho, movimentando-se com mais agilidade e com uma pele cada vez mais vicejante.

Após os exames preliminares dos legistas e da polícia científica, o corpo do Velho foi posto numa maca para ser levado dali, para o alívio do gerente, atordoado com aquela *mise-en-scène* de filme policial na sua livraria, com direito a cordão de isolamento, homens de bata branca em busca de pistas e polícias a interrogar os funcionários.

— Era só o que me faltava — resmungava para si mesmo, enquanto andava de um lado para o outro, o lenço sempre à mão, enxugando o suor da reluzente calvície.

Impaciente, de cinco em cinco minutos perguntava ao oficial que coordenava a operação quando poderia reabrir a livraria. Parecia na iminência de uma síncope, e eu não estranharia se também fosse obrigado a ser retirado da loja numa maca. A morte do livreiro era a cereja no topo do bolo de uma semana particularmente estressante.

Justamente na semana do *cliente-mistério*.

De tempos em tempos, a empresa selecionava e treinava pessoas de aparência vulgar para circularem pelas redes de livraria disfarçadas de clientes. Eram os *cliente-mistério*, instruídos a perambularem entre as estantes, comprando livros e fazendo perguntas específicas aos livreiros, a fim de testar o nível da qualidade de atendimento nas lojas.

A notícia de que o *cliente-mistério* estava novamente em ação levou o gerente a realizar exaustivas e maçantes reuniões diárias com os livreiros, repassando as restritas normas de funcionamento da casa. Mais do que a qualidade do atendimento, porém, estaria preocupado em manter o emprego.

Num dos últimos orgasmos arrancados à branquela azeda do RH, o Serjão ouviu-a comentar, ofegante, que o patrão estava com a corda no pescoço.

— O *boss* está na marca do pênalti por causa dos números — comentou o Serjão, sem saber muito bem o que queria dizer com *os números*, essa entidade adorada no mundo corporativo, ao mesmo tempo vaga e soberana.

Para mim, o patrão, a livraria, a companhia e os números poderiam ir para a puta que os pariu. Ouvia a cantilena sobre fazer isto e não fazer aquilo com indisfarçado tédio e um particular desprezo pelo *cliente-mistério*, um trabalhador precarizado e explorado como outro qualquer que ganhava a vida às custas de outros trabalhadores explorados.

Numa versão dois ponto zero do Inferno de Dante, certamente haveria um lugar para esse tipo de gente. Estava decidido a não mudar em nada a minha forma de atendimento. Se o *cliente-mistério* fosse realmente eficiente em passar despercebido, sorte a dele, pois não sei o que eu faria se descobrisse a sua identidade secreta.

Para alívio do gerente, o corpo do Velho, ou do Rubão, foi levado pelos legistas, num cortejo acompanhado pelos demais livreiros, posicionados em fila, como uma tropa à espera de ser passada em revista pelo seu comandante. A Cláudia não conteve o choro, e o Serjão estranhamente levou a mão ao peito, como um jogador durante o hino nacional.

Só quando a maca passou à minha frente, percebi que o Velho morreu de olhos e boca abertos, num último esgar de sofrimento, o rosto dele uma horripilante máscara mortuária, a língua escura e o olhar de pavor. Vi também que, devido ao *rigor mortis*, o livreiro ainda segurava em sua mão rija o último livro que leu antes de morrer.

Curiosamente, as *Ficções*, de Borges.

Poderia ser uma coincidência, mas o Marlowe na minha cabeça detestava coincidências. Talvez fosse um recado do Velho, uma pista sobre a sua morte. O mais provável era que segurasse um dos tantos livros de filosofia que o circundavam, não justamente a edição de nossa última conversa, sobre os estranhos rumos que uma investigação pode tomar.

Passei a desconfiar da versão oficial de que o Velho exagerou na dose de cicuta. Nos policiais de Hammett e Chandler, os bófias nunca estavam certos em suas teorias, ou por serem espertos de menos ou corruptos demais. O suicídio involuntário do livreiro era uma hipótese conveniente para todos, mas não para mim. Poderia ter sido um crime.

E o principal suspeito só podia ser ele, o Mau Selvagem.

O Serjão talvez estivesse equivocado em sua teoria. Afinal, a loira fatal poderia não ter assassinado o marido, e o Mau Selvagem ainda estaria vivo. Foi o que Dora sugeriu na conversa que tivemos há uma semana, no mesmo dia em que soube da partida de Bárbara e em que havia conversado pela última vez com o Velho.

Naquela noite, ainda ruminando a minha filhadaputice com Bárbara e as teorias de Borges a respeito do romance policial, voltei ao imenso apartamento na Alameda e encontrei a mulher do Mau Selvagem na varanda com vista para as fontes luminosas, uma brisa morna a ondular o roupão branco que vestia.

Tinha duas taças na mão. Numa mesa de vidro, uma champanhe já aberta repousava num balde de gelo. Dora apontou uma das taças em minha direção, propondo com um gesto um brinde. A luz da lua refletia os cabelos dourados da loira fatal, contornando a silhueta do corpo com uma espécie de halo.

— O que estamos a brindar? — perguntei, curioso.

Ouvi o guionista na cabeça dela iniciar os trabalhos.

— Estamos a brindar à verdade — respondeu, levantando a taça.

— A verdade sobre a chave?

— A verdade absoluta.

— A verdade absoluta só existe na ficção, nos filmes, nos livros.

— Se for assim, estamos num livro.

Depois do brinde, veio um beijo demorado, o prenúncio de uma confissão.

Nos romances policiais, há sempre o momento da história em que a loira fatal revela um acontecimento trágico ou sórdido da sua biografia, o *turning point* da metamorfose de uma mulher como as demais na loira fatal. Uma confissão que o detetive sempre ouve com atenção e complacência, sem julgamentos, em nome da investigação.

— Antes do António, houve um outro António — começou a contar a mulher do Mau Selvagem. — Não se chamava António, claro, mas era também um homem rico, muito rico, e estava interessado em mim. Porém, eu era uma mulher casada, amava o meu marido, nunca pensaria em corresponder ao interesse dele.

— Mas...

— Mas foi ideia dele, do meu marido. Estávamos sempre sem dinheiro para nada, o Gabriel era muito pequeno, tinha que cuidar dele e não podia trabalhar, e o salário da livraria, bem, você sabe o que quero dizer.

— Sei muito bem.

— Aí o meu marido havia lido em qualquer canto que o primeiro António estava doente, um problema gravíssimo no coração, talvez não tivesse muito tempo de vida.

— O velho golpe do baú.

— O velho golpe do baú, mas foi ideia dele. Eu estava me sentindo péssima com tudo, com nojo de mim, me sentindo uma puta, era isso, me sentia uma puta.

— Claro, claro.

— Mas mesmo assim resolvi alinhar no plano. Cedi às investidas do primeiro António, e o resto da história você já deve imaginar, da minha mudança e do Gabriel para a casa dele e do meu marido ir para uma espécie de alojamento da livraria, nos Anjos.

O quarto na República dos Anjos, pensei. Um pouco mais de champanhe e prosseguiu:

— O problema foi que o primeiro António não morreu assim tão depressa, parecia cada vez mais saudável, como se fosse durar uma eternidade. E o meu marido começou a ficar irritado e bastante ciumento, havia sido ideia dele, mas sabe como os homens são.

— Sei, sei.

— Daí, combinamos mudar o plano. Naquela altura, o primeiro António havia me dado uma chave de um cofre de um banco. Era uma espécie de voto de confiança, coitado, uma prova de amor. Mas a chave não abria o cofre sozinha, precisava de um par, que o primeiro António levava com ele junto às outras chaves, numa valise.

— Um roubo, então.

— Sim, um roubo. Eu poderia tentar pegar a chave, claro, mas a valise tinha uma tranca com segredo, e, por mais que confiasse em mim, o primeiro António não havia revelado a sequência numérica. Mas ele andava para todo lado com a valise, na rua, sem segurança. Bastava roubá-la, arrombar a trava e largar a mala no dia seguinte onde pudesse ser encontrada, sem o dinheiro e, claro, sem o outro par da minha chave.

— E ele não notaria.

— Não notaria. O primeiro António era bastante distraído. Assim que limpássemos o cofre, daria um jeito de repor a chave roubada na valise. Depois, inventaria uma desculpa qualquer para o fim da relação, saudades do Gabriel pelo pai, o fim do amor, qualquer bobagem dessas em que os homens acreditam. Então, devolveria a minha cópia da chave para ele, e, quando, um dia, por acaso, e se desse pelo roubo, já estaríamos longe.

— O plano perfeito, mas...

— Mas durante o roubo, na hora em que o meu marido surgiu, mascarado, na rua, o coração do primeiro António estragou tudo. Afinal, não estava tão sadio quanto parecia, e o coitado morreu ali, mesmo, do susto.

— E a valise?

— O meu marido entrou em pânico com um morto aos seus pés. Uma coisa é um roubo, outra, uma acusação de homicídio. Ainda chegou a arrombar a valise, mas, atordoado e com pressa em fugir, disse não ter conseguido encontrar a chave.

A garrafa de champanhe já estava perto do fim. Uma nuvem cobriu a lua, envolvendo a loira fatal na penumbra. Das sombras, ouvia a sua voz:

— O detalhe é que, quando a polícia devolveu a valise, a chave não estava lá.

— E o que disse o seu marido?

— Repetiu que a chave não estava com ele.

— E você acreditou?

— Não tive tempo de acreditar ou não. Depois de tudo, passei um tempo sem saber dele. O tempo de descobrir que não estava no testamento do primeiro António, afinal, mais um milionário mesquinho como todos os outros, o tempo de surgir do nada um herdeiro esperto, com advogados mais espertos ainda, que primeiro insinuaram que eu estaria envolvida na tentativa do roubo e, depois, aproveitando-se que estava assustada, convenceram-me a aceitar uma pequena quantia para desaparecer de vez.

— E a sua chave?

— Como nunca deram pela chave perdida na valise, mantive-a comigo.

— Uma espécie de poupança.

— Chamemos assim.

— E o seu marido?

— Meses depois, comecei a receber as cartas, enviadas de uma vila perdida no meio do nada, na fronteira com a Espanha.

As cartas no baú enterrado no chão do meu quarto. Até agora, a história da loira fatal parecia bater com a verdade. A noite arrefeceu, e trocamos a varanda pelo imenso sofá na sala. A mulher do Mau Selvagem deslizou até a cozinha e voltou com outra garrafa de champanhe para substituir a anterior, que jazia de cabeça para baixo no balde.

Encheu as duas taças e prosseguiu:

— Com o dinheiro, arrendei uma quitinete afastada do centro e comecei a administrar os gastos, à espera do que aconteceria. Foi o período em que a polícia andou a bater na minha porta, perguntando pelo meu marido, não sei se desconfiada de algo ou a mando dos advogados do herdeiro.

— E nunca mais encontrou o seu marido?

— Uma única vez. Um dia, telefonou, sugerindo um encontro num lugar afastado. Mas, sei lá, já não era mais o meu marido, não o reconheci, não sei explicar bem, estava estranho, com um ar envelhecido, triste. Conversamos um pouco e concordamos em nos separar de uma vez. Tudo o que passamos acabou destruindo o nosso amor.

— E nada da chave?

— Perguntei novamente sobre a chave, mas repetiu que não a tinha. Também perguntou pela minha, mas, assim como aconteceu com o amor, tudo que passamos também destruiu a nossa confiança, e menti, disse que não havia ficado com a minha. Mas acho que e o meu marido não acreditou.

— Não?

— Sabe, às vezes tenho a sensação de que ele nunca desapareceu de vez, não saiu de perto, que acompanha os nossos passos, sempre a nos rondar. Vez ou outra tenho a impressão de vê-lo de relance em algum lugar, não o homem que conheci, mas o outro, o estranho do último encontro, parecido com ele, mas não ele, mesmo, entende?

— E desconfia de que você tenha a chave?

— De que a tenha escondido em algum lugar, o que é verdade, pois me sinto mais segura.

— Segura?

— Não sei explicar, mas a nova versão do meu marido, a mais estranha, envelhecida, insana, sei lá, parece capaz de fazer coisas más.

— Como matar, por exemplo

— Por exemplo.

— E o António, o segundo, o atual?

— Já o conhecia. O António era amigo do primeiro António, o que não o impediu de dar em cima de mim mesmo antes do corpo do outro esfriar. Passei um ano ou mais me desviando dele, não tinha cabeça para isso.

— Até o dinheiro acabar.

— Até o dinheiro acabar. O curioso é que, após começar a namorar o António, não tive mais a sensação de ser seguida pelo meu marido ou vê-lo pelos cantos. Isso até...

— Isso até?

— Até você surgir. Até hoje, não sabia qual era relação, até quando vi você com o colete da livraria, o colete dele.

— E qual é a relação?

— Sabe, às vezes acho que ele também tem a chave dele escondida em algum lugar, à espera de que eu caia em contradição para unir novamente o par. Que talvez tenha escondido-a na livraria, em algum dos livros, ou em outro canto qualquer.

Isso explicava as incursões regulares de Dora à livraria. A loira fatal parecia sincera quando disse que falaria a verdade absoluta. Talvez estivéssemos, mesmo, num livro.

— E que, se fui capaz de encontrar o colete que escondeu... — emendei.

— ...pode ser capaz de encontrar a chave que escondeu — completou a loira fatal.

Fazia sentido. O que aumentava as minhas suspeitas de o Velho ter sido assassinado.

De o Mau Selvagem surgir no meio da noite na livraria e de confrontá-lo sobre o novato mencionar a existência de uma chave, enquanto o Rubão, fiel aos princípios filosóficos, usar o famoso paradoxo socrático de *só sei que nada sei* como defesa. Ao contrário de Sócrates, porém, o Mau Selvagem sabia de tudo, inclusive, da cicuta.

O Mau Selvagem era mesmo foda.

Num movimento estudado, ao encher mais uma vez a taça, a loira fatal deslizou o roupão, deixando à mostra um de seus seios. Era o sinal de a confissão ter chegado ao fim. Naquela noite, a noite da verdade absoluta, fodemos como nunca, não como amantes eventuais, mas como dois apaixonados, unidos por um grande mistério.

Na manhã seguinte, antes de partir, Dora abriu uma das gavetas da cómoda e retirou de lá uma fotografia. Uma fotografia do Mau Selvagem, ao lado do filho, ainda um bebé, tirada numa praia. Então, era assim que ele era, um tipo comum, de estatura média, nem gordo nem magro. Se havia um traço marcante nele, era o olhar.

Um olhar que já naquela foto revelava o estranho que habitava nele.

12

Uma semana passada da noite da verdade absoluta, não teria oportunidade de contar a Dora sobre a morte do Velho e das minhas especulações detetivescas sobre o livreiro ter sido envenenado pelo Mau Selvagem, pois o namorado dela, o António sorridente do porta-retrato, voltou mais milionário ainda de uma viagem a Katmandu.

Rumei à República dos Anjos, assombrado pelas imagens do milionário António beijando e abraçando Dora para, em seguida, tentar a todo custo fazer funcionar o seu pau velho e cansado para comê-la. Senti uma súbita empatia com o Mau Selvagem pelo ciúme que o corroeu em relação à esposa e ao primeiro António.

Por mais que o Mau Selvagem se empenhasse em encarar a situação pelo lado racional, de que tudo fazia parte de um plano elaborado por ele, de que foi ele quem convenceu Dora em participar do golpe do baú com o milionário, ainda assim, havia um homem a foder a mulher dele, como agora havia um a foder a minha.

Ao fundo, ouvi as vozes dos outros brasileiros a conversarem e rirem alto na cozinha, mas preferi me trancar no quarto e contar apenas com a minha companhia. Tirei o cano de ferro oculto na barra da calça e o colete surrado do Mau Selvagem, acomodando-os sobre uma cadeira, e deitei na cama, exaurido.

Sobre a cómoda ao lado da cama, um móvel ridículo de tão pequeno, a amarrotada edição de *O Contrato Social* de Rousseau que desisti de devolver às estantes da livraria dividia o exíguo espaço com o telemóvel a carregar, uma minúscula luminária e o baú de madeira com os negativos das aventuras extraconjugais do gerente.

Permaneci ali, estirado na cama, a olhar o baú na cómoda, o colete e o cano de ferro na cadeira, os vértices de um estranho triângulo, a cabeça ainda a doer, pois nunca deixou de doer desde o dia em que tropecei no taco solto, a poucos palmos do outro taco solto, o piso do quarto o *playground* onde o Mau Selvagem enterrava os seus tesouros.

Era isso. Se o Mau Selvagem estivesse com a segunda chave do cofre, certamente estaria por baixo de um dos tacos do quarto, escondida, assim como o baú, o cano de ferro e o colete. Recuperei o antigo canivete na gaveta da cómoda, observado por Rousseau, que da capa amassada do livro parecia sorrir, encorajando-me à empreitada.

Talvez o Mau Selvagem usasse uma sequência lógica para escolher os tacos e ocultar os pertences. Como os dois primeiros estavam posicionados numa mesma linha, decidi seguir o alinhamento. Comecei a escavação, abrindo caminho com a lâmina do canivete, fazendo pressão entre as frestas, retirando a massa escura e sólida que os unia.

Em meia hora, desprendi o taco. Nada por baixo.

Devolvi-o ao lugar de origem, mas ele, assim como os primeiros tacos, não voltou a encaixar com precisão no assoalho. Mantive a estratégia e passei ao seguinte, sulcando as frestas, paciente e obstinado, o quarto abafado, o suor porejando nas têmporas, uma arredia gota a escorrer até o queixo e pingar sobre o excêntrico campo de escavação.

Lembrei as noites a transpirar na companhia da loira fatal, o perfume suave e feroz grudado ao suor da minha pele. Não deixava de ser uma ironia que, agora, enquanto sofria para cavar o maciço *playground* do Mau Selvagem, o namorado de Dora estava deitado sobre o corpo macio dela, a fodê-la com o seu pau velho e parcialmente flácido.

Foder, do latim *fodere,* literalmente cavar, escavar.

Alheio aos pormenores semânticos, o segundo taco da noite levou mais tempo para se desprender do piso, e, uma hora depois, a frustração de novamente nada encontrar. Encaixei-o da melhor maneira possível, o que não significava muita coisa. Enquanto recuperava o fôlego, medi o estrago deixado pela escavação no piso do quarto.

Apesar do calor do quarto abafado, do cansaço e da dor de cabeça inclemente, investi em um novo taco. Mais habituada ao trabalho, a lâmina do canivete guiava a minha mão através das fendas, cavando, escavando, fodendo o chão do quarto, e, quarenta minutos de intenso trabalho depois, nada da chave escondida pelo Mau Selvagem.

Fatigado e derrotado, dei por encerrada a primeira noite de escavação. Desabei na cama do jeito que estava, sujo, ensopado de suor, metido na mesma roupa de três dias atrás, enquanto provavelmente, nessa mesma hora, o milionário António também desmoronava, semiacordado e saciado, sobre o corpo quente e acolhedor de Dora.

Fodere, foder, escavar. Essa seria a nossa rotina nas noites seguintes, a minha e a do milionário António, cada uma em seu devido campo de escavação. O dele, o macio e acolhedor corpo de Dora, numa imensa e confortável cama na Alameda; o meu, o duro e renitente assoalho do quarto pequeno e abafado da República dos Anjos.

Foi assim durante uma semana, taco a taco retirado e reposto ao chão, o suor, o cansaço, as unhas partidas, os calos nas mãos, as mãos também feridas pelas farpas de madeira que penetravam na pele. Foi assim até a lâmina do canivete já deformada se partir ao meio pelo derradeiro esforço e fazer saltar o último dos tacos no assoalho do quarto.

Por baixo do último taco surgiu a segunda chave do cofre, pousada num buraco, a dormir o sossegado sono na pequena cavidade cuidadosamente escavada no reboco do cimento pelo Mau Selvagem. A chave, uma pepita de prata a reluzir em contraste com a minha palma da mão escura de tão encardida. Beijei-a como quem beija um filho.

A chave era um modelo ordinário, igual a milhares de outras em Lisboa, uma pega redonda, seguida de uma haste serrilhada. Gravada nela, havia uma inscrição em relevo com uma sequência alfanumérica que, a princípio, poderia ser a marca do fabricante ou o número de série de fabricação ou o do cofre do banco: NB1030.

Cuidadosamente, guardei a chave no baú. Era valiosa demais para levá-la comigo.

Naquela mesma noite, o milionário António também dava por encerradas as noites de escavação ao lado de Dora e partia numa nova viagem de negócios para um sítio qualquer, a milhares de quilómetros de distância. Certamente, gostaria de ficar mais um bocadinho, mas havia sempre um milhão a ser faturado em alguma parte do mundo.

Logo voltaria a vê-la, sentir o seu perfume suave e feroz, tocar na sua pele macia, beijá-la. A pequena chave a reluzir na minha mão encardida seria a boa notícia que levaria para Dora como um presente, uma jóia, um mimo, ainda sem desconfiar de que a loira fatal também teria uma boa notícia reservada para mim.

Mas disso eu falo depois.

A *causa mortis* por envenenamento e as suas contingências retardaram a liberação pelos legistas do corpo do Velho. O livreiro, afinal, um homem prevenido, anos e anos a amealhar as moedas para o próprio jazigo. Na lápide, lia-se cunhado na pedra outro dos tantos paradoxos socráticos, *uma vida sem desafios não vale a pena ser vivida.*

Mais uma vez, o Serjão recorreu à branquela azeda do RH, que, convencida pelos argumentos da inapelável cunilíngua do carioca, concedeu uma manhã de folga aos brasileiros para irem ao funeral. E, assim, estávamos todos lá, ao redor do jazigo do Velho, a escutar o sermão do jovem padre sobre quão fortes eram os desígnios de Deus.

Então, foi aí que o vi.

Que o vi oculto sob os chapéus-de-chuva, a ombrear com os poucos presentes que se espremiam entre si para não se molharem, enquanto ouviam o jovem padre dissertar com sua voz de menino sobre as contingências da vida e a inevitabilidade da morte. A princípio, não o reconheci, só depois, quando olhei diretamente nos seus olhos.

Os olhos da fotografia do Mau Selvagem.

Estava metido num casaco escuro e cobria a cabeça com um capucho. Mesmo assim, percebi a fisionomia cansada e envelhecida, as olheiras profundas, a barba por fazer. O que estaria fazendo aqui? Ter certeza de que o Velho realmente morreu? Ou estava à minha procura, a espreitar-me, perceber se havia encontrado a chave?

Precisava me aproximar, confrontá-lo. *Uma vida sem desafios não vale a pena ser vivida,* aconselhava a lápide, o Velho até mesmo depois de morto com as suas lições. Mas, quando uma lufada mais forte de vento rearranjou os chapéus-de-chuva, perdi-o do campo de visão. Desapareceu. Fugiu. Sabia que havia sido reconhecido.

O Mau Selvagem sabia de tudo.

— Vai *pra* onde, *mermão*? — estranhou o Serjão, quando saí de onde estava no velório para contornar os presentes na direção do Mau Selvagem. Não respondi.

Lentamente, dei a volta ao redor do pequeno grupo, ouvindo a voz de menino do jovem padre alertar das idas e vindas ao pó, e encontrei apenas o coveiro, o cotovelo apoiado na pá, a palitar os dentes, à espera do fim do sermão. Pensei no pobre Velho economizando as moedas para o dia da sua morte. Merecia um Caronte mais digno.

Ia juntar-me novamente ao grupo quando enxerguei ao longe a silhueta escura do casaco do Mau Selvagem cruzar furtivamente duas lápides. Mantinha o capucho a tapar a cabeça, os passos apressados, as mãos enfiadas no bolso, em fuga. Resolvi segui-lo, enquanto o Serjão, atónito, esticou o pescoço com o olhar de *vai pra onde, mermão?*

Assim como o Mau Selvagem, cobri a cabeça com o capucho, enfiei as mãos no bolso do casaco e apressei o passo, seguindo no encalço dele num funesto *slalom* por entre túmulos, jazigos e coroas de flores. Uma certa hora, pensei ter perdido o rasto, mas um anjo de mármore serenamente indicou-me o caminho com sua espada de pedra.

Quem nos visse a distância, empenhados em cruzar o cemitério, cabisbaixos, enfiados num casaco escuro e os passos sincronizados, poderia facilmente pensar tratar-se de uma estranha performance ou de uma ilusão de ótica, em que perseguido e perseguidor eram na verdade a mesma pessoa, num *déjà vu* separado por uma curta distância de tempo.

O Mau Selvagem sabia que estava a ser seguido, claro, sabia sempre de tudo. Mesmo assim, mantinha a frieza e o mesmo ritmo quando cruzou o portão em forma de arco da entrada e tomou o passeio, caminhando rente ao muro, protegido da luz e dos olhares alheios pela longa parede de tijolos.

Cruzei o portão em forma de arco do cemitério e o segui pelo passeio esvaziado. Era feriado, 25 de Abril, e ainda havia poucas pessoas na rua naquela hora da manhã. Sem as trincheiras dos jazigos e das lápides, caminhávamos em um campo de combate aberto, e não tinha mais dúvidas de que o Mau Selvagem sabia da minha existência.

Preferia não pensar nisso, tentando adivinhar para onde iria, para onde queria me levar, e logo a dúvida se dissiparia. Após atravessar a rua ignorando a passadeira, o Mau Selvagem enfiou-se numa tasca que tinha acabado de abrir, quase se embatendo com o homem de avental a enfileirar as cadeiras na esplanada ensolarada.

Hesitei por um instante antes de entrar e só o fiz encorajado pela presença do cano de ferro oculto na barra da calça. A tasca há pouco aberta estava escura e vazia, as cadeiras empilhadas ao contrário sobre as mesas. Ao fundo, a porta em direção à casa de banho, do tipo *saloon* dos filmes de faroeste, abria-se e fechava-se num vai e vem.

Se era um duelo que o Mau Selvagem queria, então era um duelo que teria. Saquei o cano de ferro da barra da calça e o empunhei como a um revólver. Cruzei a porta do *saloon* e desci a escada em caracol rumo ao subsolo, habituando as retinas à escuridão do ambiente. Lá embaixo, o silêncio era total. Ouvia apenas a minha própria respiração.

Havia três portas. A primeira, da arrecadação, trancada à chave, o que limitava as opções às casas de banho feminina e masculina, por onde comecei. Girei a maçaneta e empurrei a porta lentamente, o cano de ferro numa das mãos. Não encontrei nada nos espaços do urinol nem nos dois cubículos, para além das retretes sujas.

O Mau Selvagem só poderia estar na casa de banho feminina, e para lá segui. Entrei cuidadosamente e encontrei o salão com lavabo e espelho igualmente vazio. Repeti a operação, vasculhando cada um dos cubículos das retretes. Ao entrar no último deles, ouvi um súbito ruído atrás de mim. De alguma maneira, havia sido encurralado.

Virei-me rapidamente e reconheci o casaco escuro do Mau Selvagem, a cabeça encoberta, a barba desgrenhada por fazer a despontar na ponta do queixo que se sobressaía ao capucho. E os olhos, os mesmos olhos da fotografia, os olhos do estranho que Dora jurava ser o novo inquilino do corpo do antigo marido.

O Mau Selvagem também segurava algo, a mão erguida, prestes a me atacar. Num gesto rápido em defesa, avancei na direção dele e o golpeei com o cano de ferro, atingindo com toda a força o seu rosto, que estranhamente se estilhaçou em centenas de pedaços, como se aquele rosto não fosse de carne e osso, mas de vidro.

No mesmo instante, a luz da casa de banho acendeu-se, revelando o imenso espelho partido à minha frente.

— Que merda é essa aqui? — gritou o homem de avental, estático na porta da casa de banho, as duas mãos levadas à cabeça, em desespero.

Permaneci em silêncio, paralisado, o imenso espelho partido da casa de banho a refletir o meu casaco escuro, a minha cabeça coberta pelo capucho, a minha desgrenhada barba por fazer durante os últimos dias de escavação, as minhas olheiras enegrecidas pelas noites insones, o cano de ferro pateticamente a pender na minha mão.

No espelho partido, enxerguei nos meus olhos os mesmos olhos do Mau Selvagem na fotografia esquecida numa das gavetas da cómoda no quarto da loira fatal, os olhos do estranho no meu rosto, como se um invasor aos poucos também tivesse tomado conta do meu corpo. Na fotografia e no espelho, o Mau Selvagem à minha imagem e semelhança.

O transe foi quebrado pelo homem de avental, que agora avidamente chacoalhava os meus ombros. Balbuciei um pedido de desculpas, mas ele parecia fora de si, a berrar e a gesticular. Desvencilhei-me e parti em fuga, perseguido de perto, até que um passo em falso fê-lo cair da escada em caracol, estatelando-se fortemente no chão.

Cruzei a porta tipo *saloon* a ouvi-lo gritar, lá de baixo, *me pagas, seu filho da puta!*.

Um grandíssimo filho da puta, era isso em que eu havia me transformado.

Enfiei-me num elétrico parado em frente à tasca, os turistas afastando-se de mim, assustados com o ofegante homem de ar desesperado, aspeto deplorável, um cano de ferro na mão. Procurei abrigo na parte traseira, de onde vi pelas janelas o homem de avental emergir da porta da tasca, a mão no joelho, a mancar, à minha procura.

O elétrico partiu e seguiu sua marcha, ruidoso e cansado como um idoso a queixar-se das dores no corpo, as gastas articulações de ferro a gemer a cada travão executado pelo guarda-freios. Os turistas, já esquecidos do estranho passageiro no fundo do veículo, de telemóvel em punho, preocupavam-se em garantir as recordações das férias.

Logo mais, o elétrico cruzou com uma multidão reunida para a celebração do 25 de Abril em frente à Assembleia da República. O rumor dos cantos, apitos e tambores chamou à minha atenção. Nos cartazes erguidos pelas pessoas na rua, um rosto parecia sorrir-me. Uma fisionomia familiar e reconfortante. Não demorei para reconhecer a cara do novo presidente do Brasil.

Li superficialmente a respeito, nas manchetes dos jornais esquecidos nas prateleiras da livraria. Era a primeira visita oficial do presidente brasileiro a Portugal, cercada por muita expetativa e polémica, graças a declarações dele sobre a urgência em se buscar a paz mundial, logo num mundo onde almejar a paz ainda era capaz de ser polémico.

Além de participar das celebrações do 25 de Abril, o presidente estava em Portugal para entregar o prémio Camões ao

Chico, atribuído há quatro anos ao músico brasileiro e renegado pelo antigo presidente do Brasil, cumprindo rigorosamente a cartilha fascista de execrar a cultura, desde sempre, o mais perigoso oponente dos regimes totalitários.

Desci do elétrico e misturei-me à multidão, comovido com a festa, a alegria, os cantos, a beleza do sorriso pintado no semblante das pessoas. Lembrei-me de Bárbara e de como gostaria de estar ali, entre os nossos, a dar boas-vindas ao novo presidente, a celebrar a vitória de um sonho, a esperança de um novo Brasil, mais humano e justo.

No ecrã de um telemóvel de alguém, assisti ao presidente do Brasil ressaltar em seu discurso a harmonia entre brasileiros e portugueses, vi também o presidente de Portugal lembrar as longas relações entre os dois países e o primeiro-ministro português confessar que, dos tantos sotaques portugueses, gostaria de falar justamente o brasileiro.

No telemóvel, a jornalista recuperava uma matéria da pomposa cerimónia de premiação do Chico, do músico brasileiro reescrever em seu discurso os versos de uma das mais conhecidas de suas músicas, adaptando o famoso refrão de que no Brasil *amanhã vai ser outro dia* para celebrar que no Brasil de agora, livre do fascismo, *já era um outro dia.*

E, no meio daquela multidão eufórica, chorei.

Chorei de tristeza, por Bárbara não estar ali, e não estar ali por eu ter sido um filho da puta com ela. Chorei de emoção, pelo tom conciliador dos discursos dos políticos, pregando o respeito aos imigrantes brasileiros em Portugal, e também pelo Brasil do novo refrão da velha música do Chico já viver um outro dia, sem um canalha no poder.

E chorei de medo, pelo estranho que me tornei, irreconhecível até mesmo para mim.

Ao deixar as escadarias da Assembleia da República, cruzei com um colérico grupo de opositores à presença do presidente do Brasil em Portugal. Brasileiros em sua maioria da Idade do Metal, somados a poucos brasileiros de outras vagas, empunhando cartazes, bradando impropérios, ofendendo os políticos dos dois países e também a democracia.

Brasileiros que protestavam ao lado da extrema-direita portuguesa, a mesma que não vê a hora de assumir o poder e varrer de Portugal o que consideram diferente, incluindo os estúpidos brasileiros hidrofóbicos a gritarem ao seu lado. E tive a certeza de que a estupidez, o mau-caratismo e a canalhice não tinham nacionalidade.

Esvaziado, sem energia e essência, não voltei à livraria naquele dia. Perambulei por Lisboa etéreo como um morto-vivo, atravessando prédios históricos, arrastando os pés pelas calçadas portuguesas, sem destino, até a noite cair, até a exaustão levar-me de volta à República dos Anjos, já adormecida, no escuro, em silêncio.

Na cama, as mãos entrecruzadas sobre o peito, era um cadáver deitado no caixão, a dormir o sono dos mortos.

13

Acordei cedo e estranhamente bem disposto.

Sentei-me na cama. Pela primeira vez desde a queda, a cabeça não doía. Ofuscado pela luz do sol que invadia a janela, avistei os tacos em desalinho no chão, o tapete barato recém-comprado incapaz de ocultar a bagunça do quarto, que se estendia às roupas penduradas de forma desleixada nos móveis e aos objetos entulhados pelos cantos.

Aproveitei a rara disposição em relação às últimas manhãs e gastei uns minutos tentando pôr ordem no quarto, recolhendo as roupas dentro do cesto para serem lavadas, recolocando os objetos espalhados nos devidos lugares. Só o assoalho permanecia uma questão insolúvel. Ao caminhar, ouvi os tacos soltos rangerem sob os meus pés.

Deixei a roupa a girar na máquina de lavar e fui à casa de banho. Demorei-me debaixo do duche, sem me lembrar do meu último banho digno. Massageei vigorosamente a cabeça com o xampu, aliviado por ela não doer, satisfeito também por sentir, ao secar o meu corpo, o cheiro de mel e amêndoas do sabonete na pele. Era um outro homem.

Era um outro homem também diante do espelho, logo após fazer a barba, revelando por baixo dos pelos grandes e desgrenhados os contornos do meu rosto. Mirei o reflexo dos meus olhos e avistei apenas a vívida cintilante íris castanha, não as pupilas enegrecidas e embaciadas do estranho, um sinal de que talvez tenha decidido partir.

Enquanto me penteava, assobiei uma antiga e alegre melodia e, após estender a roupa que cheirava a lavanda, fui preparar o meu pequeno-almoço.

— Mas olha quem decidiu dar o ar da graça entre os vivos — disse o Serjão, irónico, irrompendo na cozinha, sem perceber que era precisamente assim que me sentia.

Entre os vivos.

No pequeno-almoço, o carioca atualizou-me do funeral do Velho, do jovem padre, do Pai-Nosso na sua voz de menino, dele fazer o sinal da cruz, de fazer o sinal para o coveiro deixar de palitar os dentes e cavar, de parar de chover e o sol raiar, do caixão descer rumo à escuridão, dos soluços de Cláudia, da cova cobrir-se de terra úmida.

— E tu, malandro, foste pra onde? — quis saber o Serjão.

— Não estava me sentindo bem — menti, ao mesmo tempo em que falei a verdade.

Descemos a Almirante Reis em direção à livraria, o sol a esquentar a pele, os turistas a aproveitarem a veranil primavera lisboeta, os homens de óculos de sol, bermudas e sandálias, as mulheres de barriga de fora e *shorts* curtíssimos, umbigos e rabos à mostra, a pele a dourar, o sorriso solto, e uma *selfie* a caminho do primeiro coquetel colorido.

Lisboa sendo Lisboa.

— O homem lá sentiu a tua falta, *mermão* — falou o Serjão, a respeito do gerente da livraria. — Inventamos uma desculpa qualquer, que tu havia passado mal no cemitério, mas não sei se ele engoliu, sabe como é o velhinho lá, não sabe, um pé no saco.

Consenti com a cabeça, em silêncio. O *homem lá* não era um problema, mas a menção ao gerente ligeiramente debilitou o meu bom-humor, e cumpri o resto do caminho até a livraria ligeiramente mais irritado, o céu de Lisboa ligeiramente menos azul, os turistas ligeiramente mais tristes e os coquetéis em suas mãos, ligeiramente menos coloridos.

Entrei na livraria irritado, a pisada firme fazendo o cano de ferro vibrar na barra da calça. Afinal, o estranho não havia ido embora. Talvez tenha acordado um pouco mais tarde do que eu, despertado pela menção ao *homem*. Embora não precisasse, cruzei com o gerente a caminho da seção policial, só para perceber se diria alguma coisa.

Em vez disso, *o homem* baixou a cabeça e manteve-se em silêncio, pusilânime.

Um rosto novo ocupava o lugar do Velho entre os filósofos. Um jovem ossudo e pálido, de óculos com lentes muito grossas e a face imberbe, salvo por uma fileira de pelos que, de tão rala, não merecia o estatuto de bigode. Era o Ivan, contou a Cláudia, a mais bem informada dos livreiros. O Ivan do Rio Grande do Sul, mestre em Filosofia.

— Grande Ivan, *O Terr*ível — não perdoou o Serjão, apelidando-o, enquanto o novo livreiro, a antítese de um temível huno, corou por trás das grossas lentes dos óculos.

Fui até à seção de filosofia e apresentei-me ao Ivan, que apertou a minha mão com seus braços finos, sem fazer força, a olhar para baixo, intimidado. Reconheci nele o bom selvagem que havia sido meses atrás, quando cheguei na livraria, assim como pressenti que, por baixo daquela frágil figura, escondia-se um discípulo em potencial.

Disse-lhe que poderia contar comigo para qualquer dúvida, e o Ivan:

— Algum conselho? — perguntou, hesitante, a voz quase inaudível. Pobre Ivan.

Pensei alguns segundos numa resposta.

— Lembre-se de que os livros não se lêem, — falei, repetindo a primeira lição do Velho, lá atrás, e continuei: — que os livros não se sugerem aos clientes, muito menos se vendem, a verdade é que os livros nem mesmo se escrevem.

— Não? — estranhou o bom selvagem, assim como havia estranhado.

— Não, o livro não se lê, não se vende, não se escreve. O livro se vive.

Deslizei o dedo pelas estantes à procura de um livro e, quando o encontrei, entreguei-o ao novato. Era uma recente edição capa dura de *O Contrato Social* de Rousseau, que ele acolheu sem saber muito bem o motivo. Retornei à seção dos policiais e, mesmo sem olhar para trás, tive a certeza de que o novo livreiro olhava para mim, intrigado.

De que, assim como o Velho havia me levado às profundezas de um misterioso oceano naquele primeiro mergulho em apnéia, para que depois retornasse sem ar, meio morto, meio redivivo da pescaria onde o pescador é que acabou fisgado, era o Ivan agora quem recuperava o fôlego, aturdido, mas sem ver a hora de voltar a submergir.

Voltei à seção policial, onde um cliente observava sem muita empolgação uma coleção de escritores portugueses dos anos sessenta e setenta. Uma geração que escrevia sob pseudónimos anglófilos, Dennis McShade, Dick Haskins e

Ross Pynn, na verdade Dinis Machado, António Andrade Albuquerque e Roussado Pinto.

O uso do *nom de plume* dos portugueses emulando autores ingleses e norte-americanos não era apenas uma estratégia de marketing ou de proteção da identidade em tempos de ditadura, mas refletia-se igualmente no enredo, com as tramas do livro a se passar em várias partes do mundo, inclusive, às vezes, em Portugal.

— São bons? — perguntou o cliente, segurando um deles.

— Têm lá sua graça — respondi, para sugerir em seguida: — mas, se fosse você, evitaria os portugueses dos anos de Salazar.

A resposta correta seria a de que evitasse qualquer autor que tenha escrito policial numa ditadura. A ausência de liberdade marcou um vazio na produção do género no Brasil de Vargas e dos militares e em outros países da América Latina, mas também na Alemanha nazista, na Itália fascista, na Espanha de Franco e, claro, em Portugal de Salazar.

Em grande parte pela literatura policial valer-se do trinómio poder-crime-dinheiro, com detetives obrigados a conviverem com políticos, milionários e polícias corruptos e sem escrúpulos, um enredo improvável, senão impossível, num cenário onde os milionários e os policiais eram, justamente, os braços financeiro e repressor das ditaduras.

Quem ousasse produzir ou publicar algo parecido com um romance policial poderia pagar com a liberdade ou a própria vida. Por isso, não há nos livros de Dennis McShade, Dick Haskins e Ross Pynn torturados, perseguidos ou desaparecidos pela polícia de repressão portuguesa, nem empresários corruptos que se valeram da ditadura.

Nem Fernando Pessoa escapou ao crime de tentar escrever policiais numa ditadura. As engenhosas aventuras do seu detetive, Abílio Quaresma, o *decifrador de charadas, matemático da realidade, estratégico do já-feito e Édipo das esfinges criminais*, são consideradas o tom menor, quando não completamente ignorado, da sua literatura.

Poderia ter sido mais didático na minha resposta, claro que poderia, mas não estava com cabeça nem paciência para isso, já não era um livreiro bom selvagem. O cliente também poderia simplesmente ter acatado o conselho e sabiamente escolhido um outro livro, mas preferiu seguir pelo caminho menos diplomático do confronto.

— Como assim, evitar os portugueses? — retrucou, agitando o livro nas mãos.

— Não foi isso que eu quis dizer — respondi, paciente, tentando contemporizar.

Mas o cliente parecia disposto a ir além.

— Foi sim, eu ouvi muito bem.

— Acho que o senhor não me entendeu bem...

— Pode ser, mas perceberia melhor se o senhor falasse português de verdade.

Português de verdade.

Lembrei-me da cliente enrugada e de sorriso cor de cobre declinar a sugestão de Cláudia para que lesse um Drummond e também do irritante homem no balcão da cafetaria a martirizar Bárbara, a doce Bárbara que tratei como um filho da puta, o irritante homem a insistir não existirem xícaras em Portugal, apenas chávenas.

Senti o estômago começar a revirar.

O Serjão aproximou-se, talvez pressentindo onde a conversa iria terminar. Com um gesto de mão, fez um sinal para que olhasse o meu telemóvel. Tirei o aparelho do bolso e vi a mensagem partilhada no grupo da livraria com a fotografia do *cliente-mistério* que andava a circular pelas lojas do bairro. O rosto do homem à minha frente.

Era uma estratégia de defesa corporativa. Sempre que um livreiro suspeitava de um *cliente-mistério*, sacava-lhe a foto e a partilhavam no grupo das livrarias. Às vezes, era fácil identificá-lo, pelo tipo de pergunta que fazia ou por estar interessado demais em agendas e outros itens de *cross-selling* que geralmente escapavam aos clientes comuns.

O homem diante de mim, então, um *cliente-mistério*. Só piorava a situação.

Se o tipo de cliente arrogante e xenófobo já me irritava por fazer passar na cabeça o filme do constrangimento de Cláudia diante da velha enrugada, do martírio de Bárbara por causa de uma xícara, chávena ou a merda que fosse, e tantas outras humilhações impostas aos brasileiros da livraria, agora é que o desprezava ainda mais.

Um pobre de espírito e estúpido como os brasileiros unidos aos portugueses de extrema-direita no protesto contra a visita do presidente do Brasil, imigrantes que se acham europeus, cordeiros que se acham lobos, quando os lobos de verdade esperam ansiosos pela primeira oportunidade para os despacharem de volta para sua terra.

O *cliente-mistério* à minha frente, também um cordeiro que se via como lobo, o homem lobo do homem do *Leviatã* de Thomas Hobbes, o oprimido que sempre sonhou em virar opressor da *Pedagogia do Oprimido* de Paulo Freire, Hobbes e Freire entre os tantos pensadores na estante do Velho, agora a estante de Ivan, o frágil e tímido Ivan.

Ivan, o inocente, o bom selvagem, ainda um longo caminho pela frente até conhecer a verdade, o aprendiz carente de um exemplo, de um espelho que um dia reflita a sua imagem e semelhança, assim como o espelho partido na casa de banho escura e fétida de uma tasca refletiu quem lentamente me transformara.

E foi por Ivan que fiz o que fiz, que fiz o que tinha de ser feito.

— Então, não falo português? — perguntei, sentindo a golfada de ira subir à boca.

— Não, não fala português — ratificou o cliente, desafiador.

Certamente, não esperava ouvir o que diria a seguir, entre o ranger de dentes.

— Quer dizer que, se eu mandar o senhor tomar no cu, o senhor não vai me entender?

A resposta deixou o *cliente-mistério* mudo. Lívido, até esboçou responder algo, mas acabou por se engasgar com as próprias palavras. Em seguida, ponderou ser melhor recuar e bater em retirada. Procurou pelo meu nome no crachá, virou-se e deixou a seção policial em silêncio, abrigando-se entre os livros de auto-ajuda.

— *Caraca*! Isso é exatamente o que o Mau Selvagem faria — ouvi o Serjão sussurrar.

— *Mau* quem? — quis saber o Ivan, curioso.

Semente plantada, missão parcialmente cumprida.

Parcialmente, pois o serviço ainda não estava concluído.

Se fosse um cliente qualquer, daria-me por satisfeito com a resposta à altura da afronta, mas o homem que minutos atrás estava à minha frente não era um cliente comum, e sim, um *cliente-mistério*, capaz de tornar um pesadelo a vida aos colegas brasileiros da livraria apenas com a sua caneta.

Quando a direção da livraria soubesse do ocorrido, o mínimo que exigiria era a minha demissão, e, mesmo que tomasse a iniciativa de me demitir para não os prejudicar, o mais provável era que outras cabeças rolassem, inclusive a cabeça careca e suada do gerente, que agora olhava para mim com cara de desespero.

Não, o serviço ainda não estava terminado. Esgueirei-me até à cafetaria, escondi o colete por baixo do balcão e saí da livraria pela porta traseira para não ser visto. Sem uniforme de livreiro, não seria reconhecido. Foi justamente o que aconteceu. Poucos minutos depois, o *cliente-mistério* deixou a loja e cruzou por mim sem se dar conta de quem eu era.

Segui-o pela rua lateral, uma via menos frequentada do que a principal, onde ficava a livraria. O *cliente-mistério* tinha pressa, não queria ser retardado pela horda de turistas para o encontro marcado com a vingança. *O maldito brasileiro iria ver*, devia pensar, *com quem aquele infeliz pensa quem está a falar?*, remoía-se, ansioso pela revanche.

Só não imaginava que perderia o encontro marcado com a vingança.

O *cliente-mistério* dobrou à esquerda e desceu por uma escadaria deserta. Sem querer, facilitava o meu serviço. Saquei o cano da barra da calça, e o sol reluziu no metal cobreado. Sentindo o peso da *Excalibur* na mão, aproximei-me dele.

Absorvido nos seus pensamentos mesquinhos, nem notou quando estava a poucos palmos.

Foi tudo muito rápido.

Sob a sombra de uma frondosa olaia, desferi um golpe forte, seco e preciso na nuca do *cliente-mistério*, que desabou inerte, sem reação, na escadaria. O homem que há poucos minutos desafiadoramente alçava a voz na livraria morria em silêncio. Melhor assim. Um filete escarlate escorria do corte, riscando a camisa como uma assinatura.

Retirei a carteira e o telemóvel do *cliente-mistério* e ergui o corpo nas costas. A dois metros dali havia um grande contentor de resíduos de um alojamento local, e foi lá que o depositei. O triturador de lixo do camião de coleta trataria do resto, e, quando o encontrassem despedaçado e desfigurado, levariam um tempo até o identificarem.

Retornei rapidamente à livraria. Toda a ação não havia demorado mais do que cinco minutos. Vesti o colete, entrei na pequena cozinha da cafetaria e lavei o rasto de sangue no cano de ferro na pia. Havia uma faca à mão, no escorredor, e foi com ela que talhei na base da *Excalibur* mais um risco junto aos demais, o oitavo.

O *cliente-mistério*, a oitava vítima.

Entre a cafetaria e a seção policial, passei pela casa de banho, fazendo o maior ruído possível para chamar a atenção de que lá estava, acionando por algumas vezes o autoclismo. Ao me ver surgir de volta ao posto de trabalho, enxugando as mãos no colete, parte da encenação do meu álibi, o gerente prontamente veio ter comigo.

— O senhor deve imaginar que a sua inconsequência terá consequências, não?

O sermão estava prestes a começar. Dessa vez, porém, não o confrontei. Ouvi a catequese do jesuíta de fato e gravata em silêncio, relaxado, anestesiado pela endorfina desprendida após a descarga de adrenalina. Enquanto o gerente borrifava o meu rosto de saliva, pensei que todo mundo devia, pelo menos uma vez na vida, matar alguém.

Mais tarde, no fim do expediente, desci até a ribeira do Tejo. Fazia um calor invulgar para abril, e os turistas aproveitavam o sol, estirados no relvado como se estivessem na praia. Riam alto, uma alegria que me devolveu o bom-humor matinal. Recuperei também a antiga e alegre canção, e assobiei a melodia enquanto seguia rente ao rio.

Em certo ponto, atirei o telemóvel do *cliente-mistério* na água escura do Tejo, vendo-o afundar, um desajeitado peixe a nadar rumo ao invisível. Em seguida, fiz o mesmo com a carteira, que flutuou por uns instantes, antes de submergir num redemoinho. Mantive os documentos comigo. À noite, incineraria todos eles, numa linda fogueira.

Entrei na estação do metro. Era a hora de reencontrar com Dora, a loira fatal desta história. Dar-lhe as boas novas sobre a chave do Mau Selvagem, revelada no último dos tacos retirados do assoalho do meu quarto na República dos Anjos. A chave que poderia livrá-la de António, o namorado milionário, deixando-a livre para mim.

Meia hora depois, tocava a campainha do amplo apartamento com vista para as fontes luminosas da Alameda. O perfume suave e feroz se antecipou à chegada de Dora, que me recebeu com um demorado beijo. Estava mais linda do que nunca em sua palidez, os cabelos loiros a caírem no vestido branco, uma diva da era de ouro do cinema.

— Tenho boas notícias para te dar — falei, ainda sentindo o sabor dos seus lábios nos meus. — Encontrei a chave, a chave do banco.

Os olhos de Dora flamejavam de excitação.

— E onde a chave está?

— No meu quarto, num lugar seguro.

— Ótimo, ótimo, vai ter que levá-la contigo amanhã.

— E onde vamos amanhã?

— Encontrá-lo.

— Encontrar quem?

— O meu marido.

Encontrar o Mau Selvagem.

EPÍLOGO

O brilho da lua cheia cortava o leito do Tejo, formando uma estrada luminosa por onde o cacilheiro, determinado, vencia o rio sem esforço, deixando as luzes de Lisboa para trás. Olhei para o relógio no telemóvel e confirmei, estava na hora, não me atrasaria, pois já conhecia o caminho até o encontro marcado com o Mau Selvagem.

Durante a curta viagem, pensei nos rumos da investigação, em como percorri o caminho dos detetives dos *noir*, um desajeitado Marlowe a abrir e fechar portas, às vezes incerto sobre para onde ir, mas sem desistir, seguindo os rastos, as trilhas, as pistas, determinado como o cacilheiro que me levava até o esperado desenlace dessa trama.

Tateei o bolso e confirmei trazer a chave comigo, uma chave aparentemente ordinária, igual a milhares de outras chaves, mas que, acionada em sincronia com o seu par, gentilmente abria o cofre de número NB1030 de um banco, concedendo o acesso à riqueza do seu interior e às felicidades que essa riqueza poderia comprar.

Avistei o farol, o adormecido gigante de metal no cais. Chegamos ao destino.

O cacilheiro atracou suavemente, e o funcionário calçado de luvas enlaçou as grossas cordas no cunho do cais, liberando em seguida o desembarque. Desci na companhia dos demais passageiros, um rebanho a cumprir silenciosamente e ordeiro o caminho indicado até a saída, para depois dispersar e cada um seguir a sua vida.

E a minha vida nessa noite de lua cheia levava ao *Charlie*, o ponto de encontro marcado com o Mau Selvagem, o talho onde a imensa câmara frigorífica desativada escondia no interior um analógico laboratório de revelação fotográfica, operada pelo misto de talhante e técnico de imagem, revelando os sórdidos segredos das pessoas comuns.

Na noite anterior, nua na cama, a pele alva a se confundir com os lençóis, Dora contou-me sobre o telefonema do Mau Selvagem, a rouca voz no outro lado da linha, uma voz abafada, distante, como uma chamada de uma outra dimensão, uma ligação de um universo longínquo, um interurbano do mundo dos mortos.

Dora, a adorada Dora, nua na cama, a penugem dourada a cobrir-lhe o sexo perfeito, a constatar não ser uma impressão o marido estar sempre a rondá-la, a vigiá-la, a seguir-lhe os passos a curta distância, em silêncio, atento ao desenrolar dos acontecimentos para um dia, finalmente, resolver voltar à cena.

Voltar à cena para reclamar o que considerava ser dele, a chave roubada à valise do primeiro António, num plano perfeito frustrado após o fraco coração de um milionário decidir parar de bater justamente ali, na rua, durante o assalto, obrigando o Mau Selvagem a uma inesperada fuga, deixando a mulher e o filho para trás.

Deixando para trás ainda a chave roubada, escondida sob o chão do seu antigo quarto.

Um segredo mantido incógnito até da própria mulher, talvez por não confiar mais nela, pois, como a própria Dora havia dito, os últimos acontecimentos foram capazes de arruinar o amor e a confiança entre os dois. Só não contava com o fato de a loira fatal desta história também ter as suas cartas, ou melhor, uma chave escondida na manga.

O Mau Selvagem também não contava com um taco mais saliente deliberadamente revelar a um estranho os tesouros escondidos no assoalho, o rolo de filme das fotografias do gerente adúltero, o desbotado colete de livreiro, o punitivo cano de ferro e, mais preocupante ainda, a chave que abriria as portas a uma vida mais confortável.

A chave que eu não tinha a mínima intenção de devolver ao Mau Selvagem.

Ao amanhecer, o sol a dourar o corpo esguio e os seios firmes de Dora, concordamos em nos encontrar à noite no local indicado pelo Mau Selvagem. A loira fatal escreveu a morada do encontro num papel, a mesma caligrafia das cartas do baú sublinhando o nome *Charlie*, que estaria visível num letreiro luminoso em frente ao prédio.

— Conhece o local? — perguntou, escondendo a nudez com um roupão.

— Não, não conheço — menti, também escondendo as minhas cartas na manga.

Dora sorriu. E me beijou, como se fosse a última vez.

Passei o dia enfurnado no quarto na República dos Anjos. Não fazia sentido voltar à livraria se não precisaria mais trabalhar após a chave abrir o cofre do banco. Poderia me dedicar a fazer o que desejasse, a ser escritor, como sempre sonhei, e aí sim, só voltar à livraria para finalmente ver o meu nome estampado na capa de um livro.

Motivado pelo meu nome na capa de um livro e também para passar o tempo até a hora marcada, retomei a escrita do manuscrito. Havia parado no primeiro encontro com a loira fatal, na realidade nem loira nem fatal, mas, como um bom policial não prescinde da personagem, fiz-lhe loira e fatal.

Não sabia ainda como terminaria o livro. Estava certo apenas do encontro entre o personagem principal e o Mau Selvagem. Sendo a história pequena demais para os dois, resolveria a questão com uma bala no peito do antagonista e antigo ídolo, cumprindo assim o arco da trama para se tornar, ele mesmo, o próximo Mau Selvagem.

The end.

Se ele ficaria ou não com a loira fatal, também era um mistério. Ao contrário da adorada Dora, a Dora das verdades absolutas, as loiras fatais dos policiais não eram nada fiáveis. Nos livros de Hammett e Chandler, as beldades terminavam sempre com um revólver apontado para alguém ou para si mesmas, num desfecho inevitavelmente trágico.

Adormeci, a cabeça sobre o teclado, ruminando um remate decente para o livro, até o despertador do telemóvel convocar-me a conhecer o epílogo desta história. Troquei-me apressadamente e deixei a República dos Anjos no bico dos pés, para não chamar a atenção dos brasileiros, a falarem alto na cozinha.

Na saída, porém, cruzei-me com o Ivan, de volta da livraria, agora também um novo inquilino da República dos Anjos. O novato da seção de filosofia olhou-me timidamente por trás das grossas lentes dos óculos, assustado. Trazia uma baguete numa das mãos enquanto a outra segurava o exemplar de *O Contrato Social* sugerido por mim.

— Lembre-se de que um livro, — reforcei, para o caso de não ter sido claro — de que um livro não se lê, não se vende, não se escreve.

— O livro se vive — repetiu Ivan, mostrando estar atento à lição.

Era um bom discípulo, não me decepcionaria.

— Um dia, pode me falar mais a respeito do Mau Selvagem? — continuou o novato, levado por uma inesperada ousadia. Não disfarcei o sorriso.

— Um dia, sim, assim que souber dele — respondi.

Agora, parado em frente ao talho, esperava por Dora, a poucos minutos de resposta digna a dar ao Ivan. O letreiro luminoso do *Charlie* oscilava, o neon a acender e a apagar, como nos filmes *noir*. Não tardou, e a loira fatal desta história irrompeu da escuridão, a silhueta esguia iluminada pelo facho de um candeeiro no passeio.

Felinamente, caminhou em minha direção, a rua deserta uma passarela imaginária. Vestia uma gabardine branca, como as mulheres fatais dos livros. Tinha a boca pintada de um vermelho intenso, os cabelos loiros presos à nuca num rabo-de-cavalo, o perfume suave e feroz a acompanhá-la, perfeitamente incorporada à personagem.

Dora sorriu e beijou-me na boca, demoradamente, como na despedida de uma longa viagem. Em seguida, dirigiu-se até a porta do *Charlie* e deu três batidas sincopadas na madeira. Pouco tempo depois, e o mesmo talhante das últimas vezes, metido no mesmo avental sujo de sangue, segurando o mesmo cutelo, sinalizou para entrarmos.

O açougueiro não me reconheceu ou fingiu não me reconhecer. Melhor assim.

Em fila indiana, o talhante e Dora à minha frente, cruzamos as peças de carne penduradas nos ganchos, imensos cortes de vacas, porcos e carneiros esventrados, as vísceras expostas, os membros mutilados, as espinhas dorsais partidas, silenciosos tótens sem cabeça vigiando os visitantes que perturbam o seu lento sofrimento.

O homem metido no avental sujo de sangue guiou-nos até à mesma sala onde estive na vez anterior. Ficamos ali, parados diante da maca de ferro. O tampo de alumínio parecia ter sido limpo com esmero, luzido por um pano úmido até a superfície se assemelhar à de um espelho, refletindo a espera de um convidado ilustre.

O talhante desapareceu por uma das portas ao fundo do talho. O Mau Selvagem estava prestes a chegar, e precisávamos traçar um plano. Mantinha a determinação de não lhe entregar a chave. Em outro tempo, gostaria de conhecê-lo melhor, saber das suas motivações, trocar algumas experiências, e talvez até seríamos amigos. Mas agora, não.

Assim como no meu livro, essa história havia ficado pequena demais para nós dois.

— E agora, o que faremos? — perguntei a Dora, placidamente parada diante de mim, com as mãos no bolso.

— Você não precisa fazer nada, meu bem — respondeu, retirando lentamente uma das mãos da gabardina. — Você já cumpriu, e bem, o seu papel nessa história.

Do bolso surgiu um reluzente revólver.

— Agora, a ação é toda comigo — completou.

Não houve tempo de reação. Ouvi o disparo e senti a bala cravar-me o abdome.

Ser alvejado não parecia ter sido a maior dor que senti na vida que agora se esvaía. O martírio na cadeira de um dentista para extrair um inciso certamente doeu-me mais. O tiro na barriga era como o rompante de uma gastrite, um queimor forte no estômago, com a considerável diferença de que um sal de frutas seria inócuo nesse caso.

Mesmo assim, ser alvejado definitivamente não era algo que aconselharia a alguém. Tombei de joelhos no chão sujo do talho, o meu sangue a misturar-se aos vestígios do sangue de outros animais sacrificados no *Charlie*. Levei a mão à barriga, no clássico e inútil gesto de estancar a sangria.

Um espiral de fumo ainda saía do cano do revólver quando Dora o devolveu ao bolso da gabardine. Em seguida, aproximou-se, tranquila, mais loira fatal do que nunca, o perfume suave e feroz, como de costume, antecipando-se à sua chegada. Um perfume que, como suspeitava, cheirava a vida e a morte.

A loira fatal abaixou-se para ficar no meu nível. Com a mesma mão do disparo, acariciou-me o rosto, e senti o veludo da sua pele. Voltou a beijar-me na boca. Em seguida, usou o indicador para delicadamente enxugar um fio de sangue que escorria pelo canto dos meus lábios. Tinha o olhar doce. Parecia sinceramente comovida.

— Ah, os homens, não aprendem nunca! O que fazemos com vocês? — disse.

Outra vez, uma pergunta retórica, que não esperava por uma resposta. Era o momento do último diálogo, um artifício dos romances policiais para desatar os nós da trama, informando ao leitor o verdadeiro culpado e a motivação do crime. Em alguns casos, podia também sinalizar um inesperado *twist* na história, mas não parecia ser o caso.

O guionista da loira fatal entrava em ação.

— Os homens sempre pouco originais, iguais em tudo na vida e, pelo visto, iguais em tudo também na morte. O meu marido morreu justamente aí, exatamente nesse lugar. Se servir de consolo, morreu com menos dignidade, a gritar de dor, uma cara de espanto, como se não entendesse o que estava acontecendo.

Ao contrário do Mau Selvagem, parecia tudo muito claro para mim.

Dora deslizou a mão até o bolso da minha calça e, sem esforço, tirou de lá a chave. Levou uns segundos a observá-la contra a luz, um ourives a admirar um diamante recém-lapidado. Guardou-a em seguida na gabardina, no lado oposto onde estava o revólver. Ergueu-se e recuou uns passos, de onde teria uma visão panorâmica da minha morte.

— Você teve ainda mais dignidade em trazer a chave. Se o meu marido não tivesse a infeliz ideia de escondê-la, não seria necessário tudo isso — disse, apontando para mim, o *tudo isso* o resumo de um tiro e de, em breve, mais um corpo na história.

— O que é mesmo uma pena, — prosseguiu — pois estava começando a gostar de você.

Poderia até sorrir em retribuição, não fosse o gosto de sangue na boca.

— Nunca existiu uma segunda chave? — perguntei, com dificuldade, cuspindo uma mancha vermelha e viscosa no chão sujo do talho.

— Não, sempre houve apenas uma — revelou Dora. — Fui obrigada a improvisar quando ficou clara a hipótese de você encontrá-la. Se soubesse a verdade de que apenas uma chave abriria o cofre, corria o risco de perdê-la para sempre.

— Muito engenhoso.

— Muito obrigada. Me acho mesmo bastante perspicaz. Sempre soube, por exemplo, que o meu marido tinha a chave com ele. Era um homem de muitos defeitos, mas muito bom no que fazia. Um obstinado. Não esperava ninguém morrer aos pés dele, claro, mas isso não o impediria de completar o trabalho, nem se tivesse de arrastar a valise e o morto com ele.

— Mesmo assim, decidiu matá-lo.

— Falando desse jeito, soa redutivo. Sabe, apesar de não ter sido a nossa noite da verdade absoluta, fui sincera em não existir mais amor e confiança entre nós. Era também verdade ele não ser mais o mesmo, andar com um ar desleixado, meio sujo, mais agressivo, falando em fazer coisas estranhas. E, se me perdoa a sinceridade num momento delicado desses, meio um pouco como você nos últimos dias.

Concordei com a cabeça.

— Não duvidaria que fosse capaz de me matar se tivesse a oportunidade — prosseguiu Dora. — Além do mais, até os melhores casamentos terminam assim, na parte do até que a morte os separe.

Com a morte prestes a também nos separar, ouvia a voz de Dora cada vez mais distante. A loira fatal também percebeu não haver muito mais a ser dito. Com um gesto discreto de mão, convocou o talhante a retornar ao palco do nosso último encontro. Em vez do cutelo, o homem de avental sujo de sangue trazia um telemóvel.

Pousou o aparelho numa mesa, junto à coluna de som.

— Sei que já conhece o *Charlie*, mas talvez não tenham sido devidamente apresentados. O *Charlie* sempre foi um velho amigo do casal — disse.

E o Charlie sorriu, exibindo o incisivo de ouro.

— Foi o *Charlie* quem tratou do meu marido — informou Dora. — Pode ficar tranquilo, é também muito bom no que faz.

Já não conseguia mais responder com palavras ou gestos.

O talhante, apesar de baixo e de estatura média, estava habituado ao peso dos porcos e das vacas. Sem cerimónias, arrastou-me facilmente para a maca de ferro, repetindo a rotina diária na companhia dos pedaços de carne pendurados nos ganchos do talho. Permaneci ali, deitado com a barriga para cima, ofuscado por uma intensa lâmpada.

O talhante escolheu uma música no telemóvel, que agora ecoava na coluna de som.

Como nas vezes anteriores, uma ópera, agora o *Pagliacci* de Leoncavallo. Se o talhante manuseasse o cutelo como escolhia as músicas no telemóvel, era um génio do seu métier. Nos primeiros acordes, reconheci a introdução de *Vesti la Giubba,* a famosa ária onde o palhaço do título canta, entre lágrimas, enquanto maquiava-se para o espetáculo.

A luz da lâmpada sobre a maca de ferro aos poucos perdeu a força, ou era eu quem perdia a força, não sei, até se apagar, não muito tempo depois. Com a escuridão a engolir o talho, lembrei-me do Velho a sabiamente me prevenir dos riscos que rondavam as investigações dos detetives borgeanos.

Que, ao procurarem por um sentido para a vida, acabavam por encontrar o seu destino.

Como o Erik Lönnrot de *A Morte e a Bússola* de Borges, busquei através da minha investigação um sentido para a vida e encontrei num tiro disparado por um revólver o meu trágico destino. Também como Lönnrot, comecei a história na pele de detetive e a terminaria encarnando um outro dos arquétipos caros ao romance policial, o de vítima.

Sentido e destino, a sinopse de uma vida num mero jogo de palavras.

Pensava nisso, enquanto o perfume suave e feroz de Dora lentamente se afastava, encerrando a última performance da grande atriz no papel da loira fatal. Teria ficado de coração partido, se ele não estivesse prestes a parar de bater.

Na coluna ligada por *bluetooth* ao telemóvel do talhante, o *pierrot* usava tinta vermelha para pintar lágrimas de sangue no rosto branco coberto de farinha, a chorar pelo amor perdido da colombina, a voz do tenor que me embalava no último sono a aconselhar o palhaço a trocar o espasmo, o choro, os soluços e a dor por um sorriso.

O sorriso que o talhante encontrou no rosto do cadáver sobre a maca de ferro.

Lamentei não ter tido tempo para terminar o livro, pois isso, sim, seria um bom final.

Álvaro Filho é jornalista e escritor brasileiro, radicado em Lisboa. Foi vencedor do Prémio Hermilo Borba Filho 2016 e semifinalista do Prémio Oceanos 2018, com a ficção *Curso de Escrita de Romance — nível 2,* e do prémio de Melhor Ficção de 2019, da Academia Pernambucana de Letras, com *Meu Velho Guerrilheiro*. Em Portugal, venceu o Novos Talentos de Escrita FNAC Portugal, em 2018, com o conto *Otelo,* o prémio Rogério Rodrigues de Crónica Jornalística 2023, e o Prémio Armando Baptista-Bastos 2023 de literatura, com a obra *Disfarça, que lá vem Sartre. O Mau Selvagem* é o seu sexto romance.

fotografia: Líbia Florentino

EDIÇÃO
debora ribeiro rendelli
tiago fabris rendelli
wladimir vaz mourão
REVISÃO
ju palermo
PROJETO GRÁFICO
wladimir vaz mourão

Dados Internacionais de Catalogação na Publicação (CIP) de acordo com ISBD

F481m Filho, Álvaro

O mau selvagem / Álvaro Filho. - Cotia : Urutau, 2024.
178 p. ; 14cm x 19,5cm

ISBN:978-65-5900-743-1

1. Literatura brasileira. 2. Prosa. I. Título.

2025-1664 CDD 869.985
CDU 869.0(81)

Elaborado por Vagner Rodolfo da Silva - CRB-8/9410

Índice para catálogo sistemático:
1. Literatura brasileira : Prosa 869.985
2. Literatura brasileira : Prosa 869.0(81)

PRIMEIRA EDIÇÃO
— PRIMAVERA, BARREIRO —
—OUTONO, COTIA —
MMXXIV